Inhalt

W0358393

-ky (?)
Ein Vorwort
oder:
Das Ehrenwort des Peter G.

Sehr geehrter Herr Gerdes, haben Sie vielen Dank für die Zusendung des Manuskriptes mit Ihren vortrefflichen Kurzgeschichten. Dass Sie die Absicht haben, ihnen ein Vorwort meines Vaters voranzustellen, verwundert mich auf der einen Seite, lässt mich aber andererseits hoffen, dass er doch noch am Leben ist und Sie eine ganz bestimmte Absicht mit diesem auf den ersten Blick so absurden Vorschlag verbinden. Vielleicht wäre es ein Weg, dass ich den Stil meines Vaters zu kopieren suche und wir hinter dem -ky ein Fragezeichen machen. Außerdem müsste man Leserinnen und Lesern noch einmal kurz ins Gedächtnis rufen, was sich damals in Leer abgespielt hat, möglicherweise unter Ihrer Regie.

Nach seiner Lesung bei den 1. Ostfriesischen Krimitagen verlässt mein Vater -ky (mit richtigem Namen ja Horst Bosetzky) am 7. November 1999, einem Sonntag, um 22 Uhr 31 den Kulturspeicher in Leer, um in sein Hotel am Markt zu gehen. Da er aus einer Familie von Oderschiffern kommt, liebt er das Wasser und nimmt den Weg am Hafen entlang. Um 22 Uhr 35 vernehmen Anwohner ein „klatschendes Geräusch" und mehrere Schreie. Als man vor das Haus tritt, sieht man zwar nichts, alarmiert aber Polizei und Feuerwehr. Scheinwerfer werden aufgebaut, Schlauchboote die Kaimauer hinab gelassen und Taucher eingesetzt. Doch alles vergeblich. Nur das Buch, aus dem mein Vater gelesen hat, Ihre Anthologie „Zum Morden in den Norden", wird aus dem Wasser gefischt. Es ist sein Exemplar, die handschriftlichen Anmerkungen beweisen es. Auch am nächsten Tag wird seine Leiche nicht gefunden.

Soweit die Fakten. Alles ist sehr mysteriös. Als Tochter eines Kriminalschriftstellers bin ich nun mit dem Genre so weit vertraut, dass ich fünf Möglichkeiten sehe:

1. Mein Vater ist einem Unfall zum Opfer gefallen. - Das könnte schon sein, denn an der Stelle, wo man das Aufschlagen eines Körpers aufs

Wasser und die Schreie gehört hat, bricht das Geländer plötzlich ab, und für jeden Ortsfremden besteht nachts in der Tat Lebensgefahr. Aber dann hätte man doch wohl die Leiche finden müssen.

2. Mein Vater hat Selbstmord begangen. - Ausgeschlossen, trotz aller Larmoyanz neigt er nicht dazu, und einen Abschiedsbrief hat er nicht geschrieben.
3. Er ist ermordet worden. - Sicher, keiner ist davor gefeit, aber wo ist das Motiv, wo ist die Leiche?
4. Man hat ihn entführt. - Wozu, denn es sollte sich herumgesprochen haben, dass deutsche Schriftsteller außerhalb der Champions-League nicht viel an Honoraren einstreichen können und mein Vater aufgrund seiner Unterhaltsverpflichtungen eh arm dran ist.
5. Er ist im wahrsten Sinne des Wortes untergetaucht, um irgendwo anders unter einer anderen Identität ein neues Leben zu beginnen. - Das nun, lieber Herr Gerdes, die Möglichkeit Nr. 5, ist es, wovon ich felsenfest überzeugt bin!!!

Lassen wir noch einmal die Fakten sprechen: Am 19. April 1978 hält mein Vater, der ja auch als Professor für Organisationssoziologie einiges an Veröffentlichungen aufzuweisen hat, bei einer CDU-Fachtagung in Bonn ein Referat und lernt dabei u.a. auch Helmut Kohl kennen (siehe das Buch: Heiner Geißler, Hrsg., Verwaltete Bürger - Gesellschaft in Fesseln, Frankfurt/ Main 1978). Nun, mehr brauche ich Ihnen wohl zu dieser Sache nicht zu schreiben... Zur Tarnung tritt mein Vater in die SPD ein und hilft dann, klammheimlich das zu besorgen, was heute so heiß diskutiert wird, gedeckt durch das große Ehrenwort des großen Herrn K. Und Sie, lieber Peter Gerdes, werden nun Ihrerseits jemandem aus dieser *connection* das Paten-Ehrenwort gegeben haben, das heißt, keinem Menschen zu verraten, wie Sie meinen Vater während der 1. Ostfriesischen Krimitage sozusagen in ein anderes Leben „gebeamt" haben. Es war ja in der Hauptsache Ihre Veranstaltung, Sie haben ihn eingeladen, Sie haben ihm das Hotel am Hafen besorgt usw. usw.

Nun schicken Sie mir Ihr Manuskript...Warum? Ich habe lange gerätselt, aber es gibt nur eine Antwort darauf: Weil Sie doch kein eiskalter Macher sind, sondern Mitleid mit mir und allen anderen Leidtragenden haben, weil Sie uns einen Hinweis geben möchten, wo sich mein Vater aufhält. Mit fiebrigen Sinnen habe ich alle Ihre Geschichten verschlungen, habe mich in die vielen Milieus hinein-

gelebt, die Sie so kompetent und plastisch beschreiben. Ist mein Vater irgendwo unterwegs auf einem Hochseefrachter oder einem Segelschiff...? Schon möglich, denn in seiner Jugend war er ein begeisterter Paddler. Lebt er unter Obdachlosen, wo Sie Ihre zweite Geschichte angesiedelt haben? Auch das könnte sein, denn vor zwei Jahren hat er in Berlin sein „Bettel-Diplom" gemacht und war viel mit Obdachlosen zusammen, auch arbeitet seine Lebensgefährtin in diesem Bereich. Wo steckt da zwischen den Zeilen der entscheidende Hinweis, wo können wir ihn finden...? Oder lebt er jetzt unter anderem Namen als Trainer oder Funktionär in der Welt des Sports...? Ihre Hürdenläufer-Geschichte könnte ein Tip für uns sein, war es doch der große Traum meines Vaters, einmal Olympiasieger über 100 Meter zu werden, ebenso aber Ihre Story vom Schicksal eines Fußballfans. Das alles ist dicht und spannend, was mich aber - ich bin Studentin der Literaturwissenschaft und verstehe ein bisschen davon - ganz besonders in Entzücken versetzt hat, ist Ihre Geschichte vom geschenkten Stern. Haben Sie gewusst, dass mein Vater ein Freund der Astronomie war und ein eigenes kleines Fernrohr besaß? Steckt da der Hinweis drin, dem wir nachgehen müssen, lebt er vielleicht auf irgendeiner Sternwarte...? Oder - entsetzlichster aller Gedanken - ist er gar einer Ihrer mysteriösen Mörder?
Lieber Herr Gerdes, ich weiß, dass Sie eher sämtliche Gesetze dieses Landes als Ihr Ehrenwort brechen und bin Ihnen ja auch so schon von ganzem Herzen dankbar, dass Sie uns wenigstens diese kleine Chance gegeben haben, meinen Vater wieder zu finden und noch einmal zu sehen, zu sprechen und zu umarmen. Ich werde mir weiterhin Satz für Satz Ihrer Kurzgeschichten ansehen und jeder Assoziation nachgehen, die sich dabei einstellt. Es macht die Suche leicht, dass die Lektüre mit so viel Spannung, Lesespaß und Erkenntnisgewinn verbunden ist.
Mit dem Slogan „Manche standen auf der Guillotine, um in den Sack zu niesen,/ Doch spannender sind Peter Gerdes' Morde unter Friesen" wünsche ich Ihnen einen großen Erfolg mit Ihrem Buch „Das Mordsschiff" und verbleibe mit den besten Grüßen als

Ihre Theresa Matuschewski,
geborene Bosetzky
Berlin, den 24. Januar 2000

Stahnkes erster Mord

Mein erster Mordfall? Sicher kann ich mich an den noch erinnern. Sehr gut sogar. Obwohl er natürlich lange her ist. Viel länger als ihr wahrscheinlich glaubt. Mein erster Mordfall hat sich ereignet, lange bevor ich an eine Karriere bei der Kriminalpolizei gedacht habe, wenn man in diesem Zusammenhang von Karriere überhaupt reden kann. Lehrer wollte ich damals werden, unglaublich, dabei habe ich die Schule doch so gehasst. Die vielen Ferien, die haben mich natürlich gereizt. Außerdem kannte ich ja gar nichts anderes als Schule. Zur See fahren, klar, aber das war ja doch nur ein Traum. Als ich es dann einmal probiert habe, in den großen Ferien, passierte dieser Mord. Und der hat überhaupt erst dazu geführt, dass ich heute bin, was ich bin.

Sechzehn war ich damals, Oberschüler, lebte in Ostfriesland - ihr wisst schon: „Dort, wo andere Ferien machen" - und hatte noch kaum etwas von der Welt gesehen. Zwar gab es auch damals schon Kinder, die mit ihren Eltern jedes Jahr durch halb Europa reisten, aber zu denen gehörte ich nicht. Ein paar Mal ins Sauerland, einmal nach Nürnberg mit zwei Übernachtungen in einer Hinterhof-Pension, das war's schon. Aber ich war viel auf dem Wasser, auf der Ems, den Binnenmeeren und Kanälen, bin gerudert und gesegelt. So war ich auch viel unterwegs, langsam und nie weit weg, aber unterwegs.

Trotzdem war es schon ein kleiner Schock, als mein Vater mir von dieser Idee erzählte. Eine Reise auf einem Frachter, einem richtig großen, eine Reise so lang wie die Sommerferien. Und sogar nach Afrika! Den Begriff „Angstlust" habe ich erst später gehört, aber genau das war es, was mich da gepackt hat.

Heute kann man solche Reisen sogar buchen, „Hand gegen Koje", aber das gab es Ende der sechziger Jahre wohl noch nicht, jedenfalls nicht für Schüler. Weil mein Vater aber im Emder Hafen arbeitete - Umschlag von Massengütern, Erz vor allem, das lief damals wie verrückt -, kannte er ein paar Angestellte von Reedereien. Von denen wusste er, dass die Handelsmarine händerin-

gend Nachwuchs suchte. Und um junge Leute für die Seefahrt zu begeistern, gab man ihnen die Möglichkeit, eine Reise als Praktikant mitzumachen. Monatslohn hundertsiebzig Mark - aber darum ging es ja nicht.
Man kann sich das heute kaum noch vorstellen, aber damals, in den Ausläufern des großen Wirtschaftswunders, als die Amis unsere zwei Drittel Deutschland zum Beweis ihrer ideologischen Überlegenheit gegenüber dem Osten ausstaffiert hatten wie einen knallbunten Lutschbonbon, herrschte Vollbeschäftigung, und deshalb waren die Arbeitskräfte knapp. Seinerzeit konnten Bergleute und Journalisten, also die Berufsgruppen mit der geringsten Lebenserwartung, erstklassige Tarifverträge aushandeln. Überall im Ausland wurden Leute angeworben. Die hießen damals noch Gastarbeiter. Auch wenn sie nicht wie Gäste behandelt wurden. In dieser Hinsicht sind sich die Deutschen ja treu geblieben.
Auch die Reeder haben Ausländer angeheuert, aber sie mussten sie nach deutschem Tarifrecht bezahlen. Das hat sich inzwischen geändert. Kleinere Besatzungen, dafür weniger Heuer - sonst ab mit dem Firmen-Postkasten nach Antigua. Mit Erpressung lässt sich allerhand ausrichten. Aber dazu kommen wir später noch.
Auf der „Almira" jedenfalls gab es reichlich Ausländer. Mehr als die Hälfte der Besatzung sprach Portugiesisch. Paradiesische Verhältnisse nach heutigen Maßstäben. Erstens hatte unser Schiff vierzig Mann Besatzung; heute wären es keine zwanzig mehr. Und zweitens wäre heute der Kapitän der einzige Deutsche an Bord, und der Rest käme aus sieben verschiedenen Nationen.
Wenn ich mich recht erinnere, hatte die „Almira" gut vierzigtausend Tonnen, Bruttoregistertonnen, also Ladekapazität, und war zweihundertfünfzehn Meter lang. Reisegeschwindigkeit fünfzehn Knoten. Ziemlich schlank und flott für einen Massengutfrachter, einen Bulker. Auch damals gab es schon Tanker, die mehrmals so groß waren, trotzdem war das eine gewaltige Menge Stahl. Ein Koloss, auf dem die vierzig Mann herumkrabbelten wie die Ameisen.
Die Deutschen an Bord, das waren der Kapitän und sein Steward, alle vier Ingenieure, drei der vier Offiziere, der Funker und

die beiden Köche, von denen einer auch Bäcker war. Dazu drei junge Matrosen und ein Schiffsjunge, auch sechzehn Jahre. Alle anderen Voll- und Leichtmatrosen waren Portugiesen, auch der Bootsmann, außerdem der dritte Offizier, ein ernster, hagerer Mann knapp über dreißig mit dicken Brillengläsern. Das hat mich besonders gewundert, weil ich glaubte, Brillenträger würden grundsätzlich nicht an Deck beschäftigt. Aber das galt schon nicht mehr.

Wenn ich Portugiesen sage, dann meine ich nicht nur Europäer. Die Reederei hatte die Leute nach ihrer Sprache ausgesucht, nicht nach der Hautfarbe. Mehrere Afrikaner waren dabei, aus den früheren portugiesischen Kolonien. Kaum zu glauben, dass dieser Flicken Land am Rand von Spanien mal die größte Kolonialmacht überhaupt gewesen ist. Und die brutalste dazu.

Unser Mannschaftssteward war auch ein Neger, Patrice von den Kapverdischen Inseln. Ein Kerl wie eine Skulptur, mit glänzend schwarzer Haut und herrlichen Muskeln, schöner als Harry Belafonte und mit dem gleichen freundlich-spöttischen Gesichtsausdruck. Zu jeder Mahlzeit gab es Tee und Kaffee, und Patrice trug die riesigen Edelstahlkannen mit unglaublicher Gelassenheit durch die Messe, gemessenen Schrittes, mit größter Sorgfalt und dabei so selbstbewusst, als wären es Reichsapfel und Zepter. Jedesmal fragte er mich: „Tee? Kaffee?" Und dazu lächelte er, als bewirte er einen lieben Gast. Vor lauter Verlegenheit dachte ich jedesmal wirklich einen Moment nach, obwohl ich fast immer Tee nahm, und wenn ich meinen Wunsch dann endlich aussprach, lächelte er noch breiter, streckte den entsprechenden Arm aus und goss mir den Becher voll, ohne jemals einen Tropfen zu verschütten, ganz egal, wie voll die Kanne war und wie stark das Schiff rollte. Immer trug er ein weißes Hemd mit kurzen Ärmeln, und jedesmal starrte ich staunend auf seinen Bizeps. Ich glaube, das gefiel ihm.

Ich war mit der Bahn nach Amsterdam gefahren, zwei Tage nach Ferienbeginn. Meine Reisetasche hatte ich schon gleich nach Schulschluss gepackt. Und zwei Stunden vor der Abreise konnte ich sie neu packen, weil die „Almira" nämlich plötzlich nicht mehr nach Sierra Leone fahren sollte, sondern nach Kanada. Schade um die Gelbfieber-Impfung. So was kam häufig vor. Geladen wurde in Norwegen, Afrika oder Kanada, gelöscht in Amsterdam, Rotterdam oder Dünkirchen, manchmal sogar in Emden, obwohl das Emsfahrwasser so schwierig ist, dass die Schiffe noch auf See einen Teil ihrer Ladung auf Leichter umladen müssen. Aber damals herrschte solch ein Andrang in sämtlichen Seehäfen, da kam das immer noch billiger als fünf Tage auf Warteplatz in Holland.

Einen gab es an Bord, der war weder Deutscher noch Portugiese. Das war Jammer, der Storekeeper. Eigentlich hieß er Hjalmar, war teils Schwede, teils Kanadier, teils irgendwas, wie es ihm gerade in den Kopf kam. Ob er eine richtige Muttersprache hatte, weiß ich bis heute nicht, er sprach alle möglichen Sprachen, alle etwa gleich schlecht. Und weil er nur noch wenige Zähne im Mund hatte und schrecklich nuschelte, klang sein Name eben wie Jammer. Er war immer und überall dabei, gehörte aber nirgendwo richtig dazu. Als Storekeeper, also Materialverwalter, stand er faktisch außerhalb der Hierarchien, genau wie der Funker. Während der aber in seiner Funkbude ganz für sich allein arbeitete, hatte Jammer ständig mit den anderen zu tun, Decksleuten wie Maschinisten, Offizieren wie Mannschaften. Das mochte er. Ein Schwätzchen hier, ein Schwätzchen da, er war die Leutseligkeit in Person und neugierig wie kein zweiter. Weil er auch für alles Werkzeug verantwortlich war, kroch er dauernd im Schiff herum, in jeden Winkel hinein. Das wurde ihm dann ja auch zum Verhängnis.

Ich war kaum an Bord, da legte die „Almira" auch schon ab, aber ehe wir die offene See erreicht hatten, war es längst dunkel. Soviel einfacher als die Emsmündung ist die Passage der Amsterdamer Hafenausfahrt nämlich auch nicht. Ich schaute mir alles vom Peildeck aus an, fühlte mich etwas merkwürdig, vor allem sehr fremd an Bord. Aber als der letzte Schlepper seine Trosse geslippt hatte, sprach mich einer der jüngeren Matrosen an und lud mich in seine Kammer ein. Ehe ich mich versah, saßen wir zu viert um den kleinen Resopaltisch herum: Robert Kahn, Vollmatrose, ein ziemlich langer, schlanker, blasser Bursche mit einem Stirnband in der rotblonden Mähne, der Bierflaschen allein mit der linken Hand öffnen konnte, Lothar Germer, Leichtmatrose, ein bulliger Berliner mit schmalen dunklen Augen und blauschwarzem Bartschatten, Klaus Martens, Schiffsjunge, ein zappeliger Kerl mit breiten Schultern und abgekauten Fingernägeln, und ich. Wir tranken Bier aus Roberts Vorrat, rauchten Lothars zollfreie Camel-Filter und kauten Kaugummis, die Klaus päckchenweise auf den Tisch warf. Und dann kam Jammer durch die Tür und setzte sich zu uns.

Ich war bis dahin ein ziemlicher Einzelgänger gewesen, ohne große Gruppen-Erfahrung, und war ziemlich aufgeregt, plötzlich auf Tuchfühlung unter richtigen Männern zu sitzen, also Männer im Unterschied zu Schülern, ohne Geleitschutz von Vater oder Lehrer. Reines Rollenspiel war das, jedenfalls anfangs: Rauchen, trinken und ein paar schmutzige Witze erzählen, um Männlichkeit anzudeuten, aber trotzdem Zurückhaltung wahren, um bloß nicht die Kontrolle zu verlieren. Nur nicht blamieren.

Dann aber merkte ich ziemlich schnell, dass die drei auch nicht frei von Hemmungen waren. Ich fühlte mich ihnen an Lebenserfahrung unterlegen - umgekehrt war es genauso. Man muss sich mal die Isolation, in der diese Leute lebten, klar machen. Es war die Zeit vor dem Satelliten-TV, auf See gab es also kein Fernsehen, und so ein Massengutfrachter ist nun einmal die meiste Zeit auf See. Da ist man wie abgeschnitten von allem. In Seven Islands, Kanada, als alles schon gelaufen war, habe ich später gesehen, wie vierzigtausend Tonnen Erz mit riesigen Förderbändern innerhalb von zwölf Stunden ins Schiff geschüttet wurden. Sonntag früh eingelaufen, abends schon wieder ausgelaufen, und während der Liegezeit keine Minute Freizeit für die Decksleute. Auf See konnte man zwar Radio hören - die meisten Matrosen hatten große Weltempfänger, zollfreie Japanware -, aber was sollten sie schon anfangen mit Nachrichten, die mit ihren Alltagserfahrungen nichts zu tun hatten? Und ihren Urlaub ließen sich die jüngeren Seeleute alle auszahlen, bis auf ein paar Tage. Kurzer Landgang, dann gleich wieder anheuern; nur so war in diesem Job etwas Geld zu machen. Was ich sagen will: Leute wie Robert, Lothar und Klaus liefen Gefahr, das Leben an Land, das richtige Leben aus den Augen zu verlieren, und das wussten sie.

Einer wie ich kam ihnen da gerade recht. Einer von Land, aus dem richtigen Leben.
Jeden Abend saßen wir so zusammen, nach der Arbeit - und wir mussten richtig ran, auch ich, Ferien waren das nicht gerade, aber ich fand es toll. Wir spielten Poker um Streichhölzer, rauchten, tranken Bier oder Cola-Rum, hörten meine Kassetten. Hitparade rauf und runter, alle selbst vom Radio mitgeschnitten. Hier an Bord waren diese Kassetten allein schon Grund genug, mich einzuladen. Jammer spielte nicht mit, er kiebitzte nur und gab seinen Senf dazu. Meist kam er irgendwann dazu, wenn wir die Bude längst eingenebelt hatten, und ging nach einer halben Stunde oder so wieder weg, nicht ohne vorher verschmitzt in die Runde geblinzelt und von „wichtigen Sachen" erzählt zu haben, die er noch vorhabe. Einmal fragte ich die anderen, was das denn wohl sein könne. Klaus ließ seine rechte Hand mit gekrümmten Fingern Richtung Schoßgegend wedeln. Wichsen sollte das heißen. Er und Lothar lachten, und mit heißen Ohren stimmte ich pflichtschuldig ein. Nur Robert lachte nicht mit. Vielleicht, weil er schon Vollmatrose und über solche Späße erhaben war.
Der fünfte Abend verlief nicht anders als die ersten vier, aber in der darauf folgenden Nacht wurde ich unsanft aus dem Schlaf gerissen. Wir versammelten uns in der Mannschaftsmesse, die ohne den gewohnten Morgen-Duft von Kaffee, Tee und Rührei kalt und abweisend wirkte. Dann erschien der Kapitän, Grund genug für mich, meine verklebten Augen vollends aufzureißen, denn der Kapitän ließ sich hier gewöhnlich niemals blicken.
Kapitän de Boer war auch Ostfriese, aber kein Städter wie ich, sondern einer vom Fehn, und das Reden war seine Sache nicht. Was weiter nichts machte, denn de Boer verstand sein Handwerk, und wenn er sich mit seinen knapp zwei Metern Größe und seinem gewaltigen Leibesumfang vor einem Mannschaftsmitglied aufbaute, musste er selten viele Worte machen. Auch jetzt fasste er sich kurz. Nach einer knappen Minute wusste ich, dass Jammer tot war, erschlagen aufgefunden im Steuerbord-Tunnel, der ab sofort für jedermann gesperrt sei, da man die kanadische Polizei einschalten werde. Dann verschwand de Boer wieder, und die beiden Köche begannen, gefrorene Fleischbrocken und frost-

weiße Plastikbeutel aus dem kleinen Kühlraum in den großen umzuräumen. Mir war sofort klar, was das bedeutete. Immerhin dauerte die Reise noch fünf volle Tage, und irgendwo musste Jammers Leiche schließlich bleiben.
Von allgemeiner Trauer hatte de Boer nichts gesagt, aber die Mannschaft verhielt sich so, als hätte er. Kaum ein lautes Wort fiel den ganzen Tag über, die Leute schlichen mit gesenkten Köpfen aneinander vorbei, und wenn zwei oder drei miteinander tuschelten, dann gehörte ich nicht dazu. Sicher, sie hatten mich alle nett aufgenommen, aber jetzt, in der Krise, fühlte ich mich plötzlich fremd und wie der Außenseiter, der ich war. Der Grund lag auf der Hand. Hier, mitten zwischen zwei Kontinenten, außerhalb jeder polizeilichen Zuständigkeit, konnte Jammers Mörder nur einer aus unserer Mitte sein. Nicht, dass mich jemand verdächtigt hätte. Aber das hier war eine Art Familienangelegenheit, und die bespricht man nicht mit jeder hergelaufenen Landratte.
Wahrscheinlich war es die plötzliche Isolation, die mich ins Grübeln brachte. Solange der Mord an Jammer nicht geklärt war, würde sich an der Stimmung an Bord nicht viel ändern, jedenfalls nicht, solange die Leiche als konservierte Anklage im Frost lag. Eine Lösung musste her, und da sich niemand sonst an Bord um eine zu bemühen schien, musste ich das eben tun. Die Unbefangenheit meiner Jugend und die Sehnsucht nach den unbeschwerten Jungmänner-Abenden in Roberts Kammer ließen diesen Gedanken halbwegs normal erscheinen. Und rückblickend war das sicher gut so. Obwohl es mich fast den Kopf gekostet hätte.
Der erste Schritt war ganz leicht, und das stärkte mein Selbstbewusstsein noch mehr. Patrice verschaffte mir Zutritt zum kleinen Kühlraum; das kostete mich lediglich eine höfliche Frage. Der Hüne schaute mir über die Schulter, als ich mich über Jammers Leichnam beugte, der auf dem Rücken lag, nur zwei breite Holzplanken zwischen sich und den Fliesen, den hoch gewölbten Bauch wie üblich von einem fleckigen Blaumann umspannt. Sein Gesicht schien unverletzt, wenn auch sehr fremd mit dem ruhigen Mund und den geschlossenen Augen, aber sein

Schädel sah oberhalb des linken Ohrs aus wie gespalten. „Schraubenschlüssel", murmelte Patrice hinter mir. „Hochkant." Also hatte man die Tatwaffe gefunden. Was aber nicht viel bedeuten wollte. An Bord eines Schiffes geht fast jeder mit Schraubenschlüsseln um, auch die Decksleute, schließlich sind die großen Luken, die kleineren Mannlochdeckel und alles mögliche andere mit dicken Muttern gesichert, damit sie bei Seegang nicht verrutschen.

Der zweite Schritt war der zum Tatort. Zwar hatte der Kapitän den Steuerbord-Tunnel für gesperrt erklärt, aber das sollte mich nicht hindern, dennoch hinein zu kommen. Ich wusste auch schon wie.

Natürlich hatte de Boer nicht vom Wellentunnel gesprochen, wo der mächtige Rundstahl rotiert, der die Kraft der Maschine auf die Antriebsschraube überträgt. Die „Almira" verfügte über zwei weitere Tunnel, Gänge unter Deck, die an beiden Seiten des Schiffes vom Maschinenraum bis ins Vorschiff reichen. Ein voll beladener Massengutfrachter liegt so tief, dass ihm die Brecher ab Windstärke acht übers Deck peitschen und jeden Aufenthalt dort lebensgefährlich machen, vor allem bei Dunkelheit. Weil man aber trotzdem zuweilen nach vorne unter die Back muss, um die Pumpen zu peilen oder Farbe aus der Last zu holen, gibt es die Tunnel. Einer der Ingenieure hatte mir gleich am ersten Tag die dieselbetriebenen Lenzpumpen erklärt und die Farben-Last gezeigt. Das kam mir nun zupass.

Ich betrat den Maschinenraum von der Backbordseite aus. Hitze, Ölgeruch und der pulsierende, ohrenbetäubende Lärm der Maschine schlugen mir entgegen. Acht mannshohe, meterdicke Kolben stampften hier in einem hausgroßen Metallblock zweihundertfünfzehn Meter Schiff von einem Kontinent zum anderen. Unterhalb der Hauptmaschine war es noch lauter, da hörte man buchstäblich sein eigenes Wort nicht. Aber auch hier oben unterhielt man sich überwiegend mit Gesten.

Der Maschinenraum reichte vom Schornstein bis in die Tiefen der Bilge hinab; statt der Maschine hätte auch eine Dorfkirche samt Turm hineingepasst. Die Böden der verschiedenen Stockwerke, die ich nie gezählt habe, bestanden aus dickem Stahlgeflecht, so dass man an einigen Stellen bis nach ganz unten schauen konnte. Zum Glück war ich schwindelfrei. Das kam mir auch auf den Treppen zugute. Die waren steil wie Leitern, und man ging sie nicht etwa rückwärts und vorsichtig hinunter, nein, man stützte sich mit beiden Händen auf die blankpolierten Geländerstangen und ließ sich auf den Handflächen hinabsausen. Wer das nicht konnte, wurde nicht ernst genommen. Mir machte es richtig Spaß.

Zwei der kapverdischen Maschinenhelfer sahen mich zwar, als ich den Niedergang heruntergerutscht kam und Richtung Backbord-Tunnel schlenderte, schienen aber weiter keine Notiz von mir zu nehmen. Das Schott war nicht verschlossen. Ich hatte freie Bahn.

Der Tunnel war nur notdürftig beleuchtet; die wenigen Deckenleuchten spiegelten sich diffus in blank lackierten Stahlflächen, die Maschinengeräusche waren plötzlich gedämpft, die Luft kühl und die Gerüche ungewohnt, mehr chemisch als ölig. Kurz, es war ganz schön unheimlich in diesem Tunnel. Ich ging schnell, lauschte auf das Echo meiner Schritte und das Pochen meines Herzens. Als ich endlich vorne angekommen war, hatte ich große Schweißflecken unter den Achseln. Zum Glück war der Pumpenraum hell und wirkte vertraut, und ich kam wieder zu Atem. Vorsichtig schlängelte ich mich zwischen Motorgehäusen und dikken Rohren hindurch auf die andere Seite, dorthin, wo der Steuerbord-Tunnel endete. So leise wie möglich entriegelte ich das Schott.

Ich hatte keine Taschenlampe dabei, und so wäre ich um ein Haar in Jammers Blut getreten. Ich schrie auf, als ich es unter meinem Schuh schimmern sah, zuckte zurück und stieß mir das Knie an einem Ventilrad, das von der Innenwand in den Tunnel hinein ragte. Hier also war der Storekeeper erschlagen worden. An der Schwelle des Pumpenraums, am Ende des langen, schummrigkühlen Tunnels. Einen gottverlasseneren Ort gab es auf dem ganzen Schiff nicht.

Später habe ich mich oft gewundert, warum mir eigentlich nicht übel geworden ist. Immerhin neigt mein Magen zur Empfindlichkeit, was wohl auch an den Dingen liegt, die zu verdauen ich

ihm zumute. Damals aber machte es mir überhaupt nichts aus, mich breitbeinig über die Lache aus Jammers Blut zu stellen und zu versuchen, die Körperhaltung des Opfers zum Zeitpunkt der Tat zu imitieren. Müßig, darüber nachzudenken, welche Spuren ich schon dabei zerstörte. Dafür gab es dann ja jede Menge neue. Jammer schien sich für die Ventile interessiert zu haben, von denen es hier ein ganzes Bündel gab. Rohre in verschiedenen Stärken liefen hier entlang, teils in Längsrichtung, teils von oben nach unten. Rotlackierte Rohre, blaue, grüne und weiße. Jede Farbe deutete auf einen bestimmten Inhalt hin: See- oder Trinkwasser, heißes oder kaltes Kühlwasser, Dieselöl. Zu jeder Rohrleitung gehörte eines dieser dicken, knubbeligen Ventile, deren Drehkränze hier wie ein bunter Strauß in den Gang ragten.
Von den weißen Rohren gab es mehrere. Sie waren für Seewasser gedacht und führten zu den Ballasttanks, die geflutet wurden, wenn das Schiff ohne Ladung fuhr. Lothar hatte mir das Prinzip erklärt. Auch, dass diese Leitungen inzwischen überflüssig waren. Die „Almira" war vor ein paar Jahren umgebaut worden, seither wurde sie von der Brücke aus getrimmt. So kam man mit weniger Rohren und ohne Handventile aus und sparte Zeit. Lothars Worte schossen mir durch den Kopf, als ich so dastand und starrte. Und ich wusste auch gleich, warum.
Es gibt wohl kein Stück Metall auf einem Seeschiff, das nicht mindestens zweimal pro Jahr übergepinselt würde. Nichts fördert den Rost so wie feuchte Salzluft, und so ist das ständige Anstreichen ein andauernder, unvermeidlicher Kampf gegen den Verfall. Auch die funktionslosen weißen Ventile waren wieder und wieder übergestrichen worden, bis ihre einst beweglichen Teile von einer vielschichtigen, glitzernden Farbmasse umhüllt waren wie von dick aufgetropftem Wachs. Mit einer Ausnahme. Eins der weißen Ventile musste vor kurzem geöffnet worden sein. Nicht betätigt - geöffnet. Von den Muttern, die dieses eine Ventil in seinem Sitz hielten, war die Farbe abgeplatzt. Hier hatte das Maul eines Schraubenschlüssels zugepackt.
Plötzlich sah ich Jammers wichtigtuerische Geheimniskrämerei in einem anderen Licht. Er hatte also tatsächlich wichtige Dinge zu erledigen gehabt, hatte etwas gesucht und gefunden. Was

konnte in einem Rohr versteckt sein? Sicher weder Schnaps noch Pornohefte. Der Gedanke an Rauschgift lag damals noch nicht so nahe wie heute, aber er kam mir dennoch sofort. Ein Volltreffer, wie sich herausstellen sollte. Klarer Fall von blindem Huhn. Natürlich hatte ich keinen Schimmer gehabt, dass es einen Heroin-Vertriebsweg aus dem Libanon über Amsterdam und Kanada in die USA gab. Ich war einfach darüber gestolpert.

Dann ging alles ganz schnell. Ich spürte eine Bewegung hinter meinem Rücken und sah einen blassen Schatten über die Rohre huschen. Warum ich in genau diesem Moment an Robert denken musste, weiß ich nicht mehr. An Robert, der über Jammers Witze nicht lachen konnte. An Robert, den Linkshänder. Und an Jammers tödliche Wunde an der linken Kopfseite. Wie auch immer: Ich warf mich nach rechts, mitten hinein in Jammers Blut, und der Schraubenschlüssel in Roberts linker Hand zuckte an meinem Kopf vorbei. Mein linker Arm war plötzlich taub, ich lag da wie gelähmt, aber als Robert erneut ausholte, rutschte er aus. In dem Blut, das er selbst vergossen hatte. Tja, und dann war plötzlich Patrice da, alarmiert von seinen Landsleuten. Er nahm Robert den Schraubenschlüssel aus der Hand wie ein Spielzeug und gab ihm einen Klaps, der ihn zu Boden schickte. Da habe ich dann geweint.

Ich weiß nicht mehr, was ich erwartet habe, als ich später vor Kapitän de Boer stand. Eine Belobigung wohl oder zumindest einen männlich-herben Händedruck, jedenfalls nicht diese schallende Ohrfeige, die ich bekam. Kein Mensch an Bord hat danach auch nur noch ein Wort mit mir gesprochen, und auch Patrice konnte mich nicht trösten, weil ich die Mahlzeiten nun in meiner Kammer einnehmen musste, serviert vom Kommandanten-Steward, diesem hochnäsigen Fatzke. Da hockte ich dann und konnte mir schon mal Gedanken machen über den nächsten Schulaufsatz. Von wegen „Mein schönstes Ferien-Erlebnis". Ha! In Kanada haben sie mich dann ins nächste Flugzeug gesetzt, ab nach Hause. Von der Polizei dort habe ich nichts gesehen oder gehört. Wer weiß, was für eine Geschichte de Boer denen aufgetischt hat. Heute denke ich manchmal, der hat mit Robert unter

einer Decke gesteckt. Bei diesen Fehntjern muss man mit allem rechnen.
Undank ohne Ende also. Eine deutliche Warnung. Warum ich trotzdem zur Polizei gegangen bin, obwohl ich doch wusste, was mich in diesem Beruf erwartet? Ich will es euch sagen: Aus Trotz.

Der Seelenbesorger

Tatwaffe?", fragte Stahnke.
„Stumpf, aber eckig", sagte Kramer und versuchte, mit Daumen und Zeigefinger ein kleines Rechteck zu formen. „Fast wie ein Hammer, aber danach sieht die Wunde eigentlich nicht aus, sagt der Doktor. Eine Stange vielleicht." Diesmal hob er beide Hände seitlich neben den Kopf und deutete eine Stoßbewegung an.
„Dann müsste er ja gelegen haben. Naja, warum nicht, um drei Uhr früh." Hauptkommissar Stahnke hob die Schultern und presste beide Arme fest an den Körper. Ein typischer Novembermorgen, so windig, feucht und eklig, wie man ihn von Hamburg nur erwarten konnte, und er hatte sich ohne nachzudenken den Trenchcoat von der Garderobe gegriffen. Kein Wunder, dass er fror.
Der da vor ihm auf dem Betonboden unter der S-Bahn-Brücke, die hier auf lächerlich schnörkeligen Stahlgittersäulen am Rand des lang gestreckten, zugigen Platzes entlang stakste, war deutlich dicker angezogen als er. Klar, dachte Stahnke. Der hat ja auch gewusst, wo er um diese Zeit sein würde. Nur nicht, in welchem Zustand.
Er spürte den Wunsch, die Leiche mit der Fußspitze auf den Rükken zu drehen, rief sich zur Ordnung, seufzte und zog die Hände aus den Manteltaschen. Das mühsam eingesperrte bisschen Wärme nutzte die Chance und floh.
„Kalle", sagte Kramer. Natürlich hatte auch Stahnke den Berber längst erkannt. Allein schon an den Haarzotteln, die in den Scheinwerferflecken des vorbeikreiselnden Berufsverkehrs immer wieder weißlich aufleuchteten. Hell bis auf den dunklen Fleck oberhalb der Stirn.
„Ist er gefilzt?", fragte Stahnke. „Komischerweise nein", sagte Kramer und fügte hinzu: „Außer von mir." Schließlich kannte er diesen Wortklauber von einem Chef inzwischen zur Genüge.
„Na dann", sagte Stahnke. Hockend musterte er die gedrungen wirkende, dick vermummte Gestalt und bemühte sich, dabei

möglichst nur den Hals zu bewegen, um die zögernd zurückkehrende Wärme nicht gleich wieder zu verscheuchen. Er hätte wetten können, dass Kalle eines Tages von seinesgleichen erschlagen werden würde. Aber ein Mord unter Pennern ohne Filzen war praktisch undenkbar. Vielleicht unter Volltrunkenen? „Über hundertfünfzig Mark im Brustbeutel, 'ne Menge Münzen in den Manteltaschen, hat wohl wieder geschnorrt. Außerdem zwei volle Päckchen Tabak", sagte Kramer. Stahnke seufzte wieder. „Und sein Jutebeutel?"

„Der ist weg", sagte Kramer. „So im Vorbeigehen, schätze ich."

„Und ich schätze es gar nicht, wenn Sie schätzen." Mit einem Seitenblick stellte Stahnke fest, dass Kramer überhaupt nicht auf sein Gemurre reagierte. Es konnte nicht mehr lange dauern, dann war sein Ruf endgültig versaut. Muffliger Miesepeter, kein Wunder, dass dem die Frau abhaut. Ärgerlich verschränkte er die Arme.

Auf diesem Platz hielten sich die Penner nur tagsüber auf, wenn es etwas zu holen gab. Zum Plattemachen war er völlig ungeeignet, trotz der Brücke. „Viel zu zugig wegen der spillerigen Pfeiler", hatte Kalle ihnen einmal erklärt: „Außerdem geht's von den Landungsbrücken zum Spielbudenplatz direkt hier entlang. Und Taxistände sind auch ganz in der Nähe. Da kommen nachts immer welche, die einen im Kahn haben und Streit anfangen." Tja, Kalle kannte sich aus. Und trotzdem . . .

„Ist er denn überhaupt hier erschlagen worden?", fragte Stahnke. Kramer nickte: „Keine Transportspuren, und die Blutmenge auf dem Pflaster kommt auch hin, sagt der Arzt."

Also tatsächlich hier. Was hatte Kalle um diese Zeit hier gemacht, wo er den Ort doch eigentlich meiden wollte? Und warum hatte er sein Geld noch, nur der Beutel mit den Flaschen und Klamotten und dem Schlafsack war weg? Wer konnte den „im Vorbeigehen" geklaut haben, wenn hier von den Einschlägigen nachts doch keiner vorbeiging? Oder klaute etwa sonst jemand Berber-Lumpen? Wenn das alles einen Sinn ergab, dann war der im morgendlichen Grau noch nicht auszumachen. Und wenn das alles nur ein einziger großer Zufall war, eine Schnittstelle von Unwägbarkeiten, die sich genau an dieser Stelle zu einem dik-

ken Knoten verheddert hatten, dann konnten sie auch gleich ihren Bericht tippen gehen.
„Sie können ihn jetzt wegbringen", sagte Stahnke. Kramer winkte, und die Männer mit dem Leichenkoffer, die in respektvoller Entfernung gewartet hatten, trotteten herbei.
Mit ihnen kam ein Mann näher, dessen Gesicht Stahnke nicht sofort einordnen konnte. Da war irgendwas in der Morgenpost gewesen . . . richtig: „Pfarrer Unter ganz unten", diese unsägliche Schlagzeile hatte ihn tatsächlich dazu gebracht, die Geschichte zu lesen. Heinrich Unter, der neue Seelsorger, der sich besonders um die Obdachlosen in der Neustadt kümmern wollte. Blöd eigentlich, dass er seinen Namen aus der Zeitung erfahren musste, schließlich pirschte der Mann doch in seinem Revier, sozusagen. Aber das war wohl seine eigene Schuld gewesen. In letzter Zeit hatte er den Kopf einfach zu viel mit anderen Dingen voll. Nicht erst, seit Katharina das wahrgemacht hatte, womit sie ihm schon seit fast einem Jahr immer wieder gedroht hatte. Er hatte es für den reichlich theatralischen Versuch gehalten, sein längst eingetrocknetes Interesse an ihr aufzurühren. Das war es wohl auch gewesen. Und als sie vor seiner boshaften Gleichgültigkeit kapituliert hatte, war sie dann wirklich gegangen.
„Guten Tag, Herr Stahnke." Der andere hatte seine Hausaufgaben gemacht, aber wenigstens kam Stahnke diesmal um eine Blamage herum: „Herr Unter." Sie schüttelten einander die Hand und blickten sich dabei ernst in die Augen, wie es die Situation verlangte. Unters waren hellbraun. Er trug einen dunklen, unauffälligen Mantel und einen dicken Schal, der den Priesterkragen verbarg, falls da überhaupt einer drunter war. Sein Gesicht war schmal, blass und so glatt, dass Stahnke sich unwillkürlich an die stoppeligen, gefurchten Wangen griff, kaum dass sich der Pfarrer wieder der Leiche zugewandt hatte. Die Nähe von schlanken Vierzigjährigen, für die Dinge wie gute Kondition und Beweglichkeit anscheinend selbstverständlich waren, bereitete ihm immer mehr Unbehagen. Pures Schuldbewusstsein, das war ihm klar. Dass man in seinem weißblonden, kurz gestutzten Schopf die grauen Haare kaum sah, war nicht sein Verdienst. Der stetig schwellende Bauch und die Fettringe auf den Hüften aber gin-

gen ganz klar auf sein eigenes Konto. Noch keine fünfzig und schon kurzatmig, dachte er. Saufen und fressen ist keine Lösung. Du verkommst, mein Lieber.

„Ausgerechnet Kalle." Unters Stimme war weit voluminöser als sein Körper; auch sie war gut trainiert. „Bestimmt der beste Kopf in der ganzen Szene. Was hätte aus dem nicht alles werden können, wenn er nicht so viel Pech gehabt hätte." Heb' dir das für deine Predigt auf, dachte Stahnke, während er beifällig nickte. Kramer grinste entschuldigend und verdrückte sich.

Klar hatte Kalle Pech gehabt - er hatte schlicht und einfach aufs falsche Pferd gesetzt. Einen so glühenden Kommunisten wie ihn hatte es wohl seit Lenin nicht mehr gegeben. Und ganz im alten DKP-Stil war ihm auch der bürgerlich-revolutionäre Spagat jahrelang gelungen: Karriere im Beruf und in der Partei, politische Ökonomie und Bausparvertrag, gleiche Bildungschancen für alle und zwei Kinder auf dem Elite-Gymnasium. Bilderbuchmäßig. Bis die Mauer fiel.

Nach 1989 hatte sich dann sehr schnell gezeigt, dass der Verstandesmensch Kalle Horneburg in Wahrheit gläubig gewesen war. Andere hatten sich mit dem, was sie zum Rückschlag auf dem Weg zur Neuordnung der Welt erklärten, arrangieren können. Für den Gläubigen Gustav Horneburg - sein Spitzname Kalle, der ihm erst vor ein paar Jahren verpasst worden war, kam natürlich von Karl Marx - brach die Welt zusammen. Und wenig später war seine eigene kleine Welt tatsächlich in Trümmer gefallen. Das ging ruckzuck damals, dachte Stahnke. Ihn fröstelte wieder, und er dachte an Katharina.

„Sie hatten mit ihm zu tun?" Der Hauptkommissar wollte den Kirchenmann nicht gleich vergrätzen und bemühte sich, das Gespräch nicht einschlafen zu lassen.

„Oh ja, durchaus. Wirklich eine ganz besondere Erscheinung. Obwohl es natürlich auch mit ihm eindeutig abwärts ging. Er hat ja auch nicht weniger getrunken als die anderen." Unter nickte mitleidig und schlug die Augen nieder. Selbstgefälliger Arsch, dachte Stahnke, der ihn jetzt noch genauer ansah. So hatte er sich immer einen Jesuiten vorgestellt. War das ein Lächeln da in den Mundwinkeln? Und das mit dem Trinken stimmte nicht. Kalle war ein Rotweinzecher, der hatte den Schnaps gemieden. Der hätte noch länger etwas von seinem Kopf gehabt, wenn ihm da keiner ein Loch reingeschlagen hätte. Dämlicher Pope. Der Kalle war viel zu clever, um sich von dir zum Schäfchen machen zu lassen.

Tatsächlich hatte sich der Penner Horneburg auf seine Art stabilisiert, überlegte Stahnke. Eigentlich hätte ihm das schon längst auffallen müssen, aber hinterher war man ja immer schlauer. Seinen Tiefpunkt mit Bettelei und Diebstählen hatte Kalle hinter sich gehabt. In letzter Zeit hatte er regelmäßig seine Stütze abgeholt und sich das bisschen Geld ganz gut eingeteilt. Hatte mit ein paar anderen unter einer Fleetbrücke eine Art Windschutz gebaut und mit Sperrmüllmöbeln zum Treffpunkt ausstaffiert, hatte in Supermärkten abgelaufene Lebensmittel organisiert. Die Kollegen von der Fußstreife hatten ihm das erzählt und Kalle ausdrücklich gelobt: „Der quatscht nicht nur, der macht wirklich was." Als Stahnke ihn vorige Woche im Sternschanzenpark getroffen hatte, dort, wo die Dealer nach der letzten Razzia ihre angestammten Plätze aufgegeben und damit ein kurzzeitiges Vakuum geschaffen hatten, in das die Penner sofort nachgerückt waren, da hatte Kalle von der neuen Berber-Zeitung geschwärmt und davon, dass er demnächst auch welche verkaufen wollte. Und auch selbst dafür schreiben. Von wegen abwärts. Der hatte doch Pläne! Die Wärme, die Stahnke jetzt spürte, rührte von aufwallender Wut her.

Unter redete weiter. „Sein Problem war, dass er die Schuld immer bei anderen gesucht hat. Gar nicht einmal nur bei anderen Menschen, das wohl auch, aber vor allem bei so abstrakten Dingen wie" - jetzt fixierte er Stahnke und griff sich an die Stirn, als müsse er seinen Kopf handgreiflich zwingen, das Absurde, das es jetzt auszusprechen galt, überhaupt zu denken - „gesellschaftlichen Strukturen, ökonomischen Zusammenhängen, antagonistischen Interessenkonflikten. Statt einzusehen, dass er erst einmal mit sich selbst ins Reine kommen muss. So kann man schließlich nicht weiterkommen, oder?" Jetzt lächelte er wieder, einen Tick herablassender als vorher. Dich könnte ich richtig hassen, dachte Stahnke.

Er hatte oft genug mit Kalle geredet, erst dienstlich, damals, als der seinen großen Durchhänger hatte, und später auch einfach so, bei der Pommesbude mit dem Plastik-Vorbau. Da ging Stahnke in der Mittagspause hin und wieder essen, und wenn es kalt war, hatte er Kalle gern mit in den Windschutz genommen. Es hatte ihm Spaß gemacht, wie der fette Typ mit der fettigen Schürze hinter seinem fettigen Tresen vor unterdrückter Wut fast platzte, weil er den Penner natürlich rausschmeißen wollte, sich aber nicht traute, solange der Kriminale dabei war. Da hatte er die Veränderung deutlich gemerkt. Zuerst daran, dass Kalle plötzlich sauberer und tagsüber meist nüchtern war. Und dann hatte er sehr schnell sein Potential erkannt.
„Die Hölle habe ich hinter mir", hatte Kalle einmal gesagt. „Und reingekommen bin ich nur, weil ich an etwas geglaubt habe, wovon ich zu wenig wusste. Natürlich dachte ich, das wär das Ende. Aber es geht immer weiter." Und ein andermal: „Es gibt eine einfache Weisheit: Mach keinen Fehler zweimal. Der Witz ist nur, dass du oft erst hinterher merkst, dass das ja schon wieder derselbe Fehler war. Du musst lernen, abstrakt zu denken, in Strukturen, verstehst du? Dann verstehst du auch, wie das wirklich gemeint ist mit der Religion als Opium fürs Volk. Ein schönes Traumbild nehmen und auf eine Scheiß-Welt pappen! Aber mit mir klappt das nicht mehr. Ich bin jetzt so tief unten, ich schaue unter jedes Abziehbild drunter."
Jetzt hatten sie Kalles Leiche in der mattsilbernen Doppelwanne verstaut und trugen sie weg. Die beiden Männer schauten hinterher und drehten sich unwillkürlich mit, so dass Stahnkes Blick auf Unters Nacken ruhte. Das ist wirklich keins deiner Schäfchen, um das du trauern könntest, dachte Stahnke. Dann durchzuckte es ihn: Das da war Unters Konkurrent gewesen, ein großer, vielleicht ein übermächtiger. Auf jeden Fall einer, der diesem Seelenfänger hier kräftig in die Suppe spucken konnte. Und das sicher auch getan hatte. Ihr redet nämlich wohl was daher von Nächstenliebe, aber der da hat gewusst, was das wirklich ist. Stahnke musste schlucken, und seine Augen brannten.
Der Pfarrer hatte seine rechte Hand vor der Brust unter den Mantel geschoben und drehte sich jetzt langsam herum, bis er dem

Hauptkommissar wieder direkt gegenüberstand. „Es ist ja, weil diese Menschen keinen Halt haben, verstehen Sie? Und das ist eben meine Aufgabe. Sie dahin bringen, wo sie diesen Halt finden können. Das muss man ihnen manchmal ganz einfach vor Augen führen. Eben zeigen. Ein wenig sind sie ja doch wie die Kinder, nicht wahr?" Er zog die Hand aus dem Mantel und hielt einen Gegenstand vor sich hoch, dorthin, wo ihre Blicke sich kreuzten.

Es war ein Kreuz, und das überraschte Stahnke eigentlich gar nicht. Trotzdem starrte er es an wie gebannt. Es war schwarz, glatt und ziemlich groß, bestimmt länger als dreißig Zentimeter.

„Schön, nicht?" Unter lächelte; Stahnkes Staunen schmeichelte ihm sichtlich. „Schlicht und doch beeindruckend. Aus Ebenholz. Ein gutes Sinnbild für das, was ich meine."

Das Kreuz war ohne jede Schnitzerei oder Intarsie, einfach nur ein Kreuz von vollendetem Ebenmaß. Dort, wo die beiden Kreuzbalken zusammengefügt worden sein mussten, war keine Nahtstelle auszumachen. Die Kanten waren nur ganz leicht gerundet, das Holz war wunderschön poliert und fühlte sich seidig an. Stahnke hätte nicht sagen können, wie das Kreuz plötzlich in seine Hände gekommen war. Gegeben oder genommen? Unters Gesicht wirkte gespannt. Ja, dachte Stahnke, das ist ein gutes Sinnbild. Und ein gutes Werkzeug ist es auch. Der Hammer Gottes.

Und es gab keinen Zweifel. Wenn ihn jemals ein Motiv überzeugt hatte, dann dieses. Er ließ sich nicht mehr täuschen. Er selbst gehörte doch auch zu einer Ordnungsmacht, zu einer körperlichen, die Körper schützte und Körper einsperrte. Und das da, das war die andere Ordnungsmacht, die geistige, geistliche. Ordnung und Stabilität, alles und jeder an seinem Platz. Was denn sonst? Seelenbesorger! Du redest Gott groß, damit sie klein werden. Und ihn hast du nicht klein gekriegt, weil er schon klein gewesen war und langsam wieder groß wurde. Ganz ohne Gott. Und da hast du's ihm besorgt, mit dem Ding, mit dem sie es damals dem besorgt haben, auf den du dich berufst. Aber mit dem hast du doch gar nichts zu tun. Du stehst bei denen, die das Kreuz aufgerichtet haben, damals. Und du hast es wieder getan. Du hast es getan.

Stahnke hatte den Mund schon offen, als Kramer plötzlich wieder da war, hinter sich zwei Mann von der Fußstreife, zwischen denen eine hagere Gestalt taumelte.
„Den haben wir direkt aus Kalles Schlafsack gepellt", sagte Kramer. Er hielt einen Jutebeutel hoch: „Auch Kalles. Hatte er bei sich. War besoffen, hat seinen Platz und seinen eigenen Kram nicht mehr gefunden, hat gefroren, wollte weiter saufen. Der Hammer war in dem Beutel, voller Blut. Fiese Sache."
Stahnke schaute ihnen noch nach, als der grünweiße Bulli längst verschwunden war, und rührte sich erst wieder, als Unter ihm das Kreuz mit Nachdruck aus den Händen drehte. Der Pfarrer grüßte kurz, ging und sah sich nicht mehr um.
Schade, dachte Stahnke.

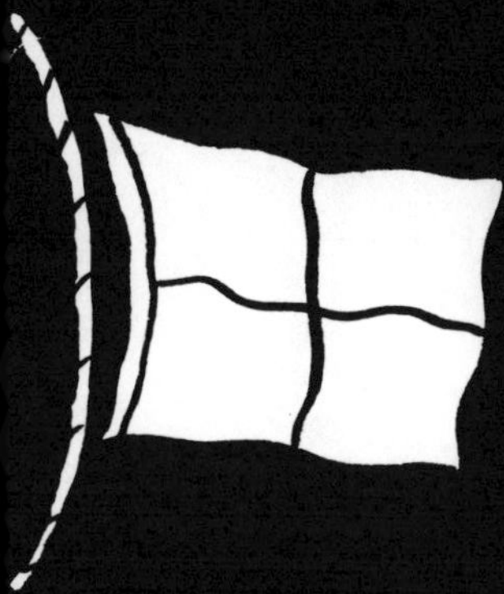

Amsel, Drossel

Nachmittags kurz nach drei schlief der Wind endgültig ein. Stahnke unternahm zunächst nichts, sondern blieb einfach in der Sonne sitzen, das linke Bein auf der hölzernen Sitzbank ausgestreckt, den rechten Arm über die mächtige Ruderpinne gelegt, den Blick am Mastfuß vorbei in den bläulichen Dunst gerichtet. Gleich würde er die Segel bergen, den Diesel anwerfen und das Boot zurück in den Yachthafen steuern. Gleich, aber noch nicht.

Er spürte unter sich das Boot atmen. Obwohl das Wasser glatt war wie ein Spiegel, war es hier nahe der Flussmündung doch nie ganz unbewegt; wenn er genauer hinsah, konnte Stahnke die langgezogene Dünung an den hin und her schwingenden, gelegentlich aufzuckenden Reflexen der Nachmittagssonne erkennen. Außerdem lief ein kräftiger Ebbstrom, der die „Olifant" hinaus aufs Meer ziehen würde, wenn die nicht bald wieder Wind in ihre riesigen braunen Tuchsegel bekam. Oder wenn Stahnke nicht bald den Diesel anwerfen würde. Er seufzte, immer noch halbwegs glücklich.

Es kam nicht oft vor, dass er an einem Donnerstag außerhalb des Urlaubs segeln gehen konnte. Aber diesen freien Tag hatte er sich mehr als verdient. Seit Sonntag war er kaum zum Schlafen gekommen. Die Mordkommission hatte zu tun wie noch nie in den viereinhalb Jahren, die Hauptkommissar Stahnke ihr nun schon vorstand. Den Sonnabend hatte er sowieso schon geopfert, um aufzuarbeiten. Und dann noch diese Leiche am Sonntagmorgen. Alleinstehende Frau, 49 Jahre, berufstätig, geordnete Verhältnisse, in ihrer eigenen Wohnung erdrosselt. Aufgeräumter Tatort, übersichtlicher Täterkreis. Diesen Fall, diesen einen Fall wenigstens aus dem ganzen Wust, der in diesem hektischen, völlig untypischen Sommer auf seinem Schreibtisch zu kleben schien wie in ausgelaufener Honigsoße, diesen einen Fall hatte er in 24 Stunden abschließen wollen. Oder in 48. Das hatte er nicht nur gedacht, das hatte er auch laut gesagt. Und dann hatte er selbst in dieser Soße geklebt, bis Kriminalrat Dr. Soller ihn

förmlich rausgeworfen hatte. Ausschlafen, segeln gehen, und dann noch einmal ganz in Ruhe.
Stahnke nahm das Bein von der Bank, setzte sich auf und reckte sich. Es versetzte ihn immer wieder in Erstaunen, wie bequem man auf diesen Hartholzstäben sitzen konnte. Die „Olifant" war eben nicht nur eine Augenweide, sie war auch ein durch und durch ausgereiftes Stück holländischer Schiffbaukunst. Eine Zeeschouw, dunkelgrün und weiß, mit langen Seitenschwertern, dickem Holzmast, hochnäsigem Klüverbaum und eleganten Linien, trotz der großen Breite und des abgeplatteten Bugs. In den Niederlanden hatte auch der Bau von Lustyachten schon ein paar Jahrhunderte Tradition.
Rumpf und Kajüte waren aus Stahl, aber in der Achterplicht, wo er saß, sah man nur Holz. Grauschimmerndes Teak und rötliches Mahagoni, um genau zu sein; was dazwischen gelblich glänzte, war Pitchpine. Stahnke war immer noch von ganzem Herzen Umweltschützer, aber er fühlte sich alt genug, gewisse Unterschiede zu machen. Einweg-Transportkisten aus Tropenholz für japanische Motorräder waren schlecht, wetterfestes Tropenholz für Segelboote war gut.
Gerade als er an die japanischen Motorräder dachte, von denen er bis vor kurzem noch selbst eins gefahren hatte, schlug sein Handy an, und er musste lachen. Der Signalton, der an das Trillern einer Balalaika erinnerte, wirkte in dieser Umgebung gar nicht einmal so deplaziert.
„Ja."
Natürlich Kramer. „Der Laborbericht ist da."
Stahnke schwieg. Natürlich hatte er nicht vergessen, dass er seinen Kollegen angewiesen hatte, ihn sofort und unverzüglich anzurufen, sobald dieser Bericht endlich da war. Nicht vergessen, er hatte nur nicht daran gedacht.
Kramer sprach auch so weiter. Er brauchte nie lange, um Stahnkes Stimmungen auszuloten und sich ihnen anzupassen. Wobei er Anpassung kaum nötig hatte. Kramer war sowieso immer wortkarg, distanziert und unerschütterlich. Und er war penetrant tüchtig.
„Tod durch Erdrosseln, Kehlkopf-Fraktur, keine Spuren eines vorangegangenen Kampfes. Alles soweit bestätigt." In der Tat, das

entsprach ihren eigenen Untersuchungen, und in puncto Todesursache hatten sie sich von der Laboruntersuchung auch keine Wunderdinge erhofft. Der Täter war kräftig, und er war dem Opfer bekannt gewesen. Das war genau die Basis, von der aus sie ohnehin ermittelten.
„Und die Tatwaffe hat er mitgenommen." Auch das hatten sie erwartet, trotzdem war alles, was sich in der Wohnung an geeigneten Seilen, Bändern und Elektrokabeln hatte finden lassen, genau untersucht worden. Ohne Befund, berichtete Kramer. Keine große Enttäuschung, aber eben eine weitere.
„Was war's denn nun eigentlich?", fragte Stahnke. Er räusperte sich, weil seine Stimme so heiser klang. Tatsächlich hatte er seit dem Ablegen noch kein einziges Wort gesprochen, nur leise vor sich hingesummt.
„Sechs Millimeter Perlonleine, geflochten." Das war die Information, mit der mancher andere Kriminalassistent als erstes herausgeplatzt wäre. Nicht so Kramer. Der baute erst einen Sockel aus bestätigten Annahmen und setzte das Neue obendrauf. „Eine gebrauchte Leine, muss schon ziemlich alt gewesen sein. In der Haut steckten Partikel von gebrochenen Fasern."
„Das ist doch was", sagte Stahnke.
Drei Verdächtige hatten sie, drei Männer, drei Kandidaten wie aus dem Bilderbuch. Nicht zum erstenmal musste Stahnke an diese Quizsendung denken, die früher im Fernsehen gekommen war, damals, als das Wort Game-Show vermutlich noch nicht einmal im Lexikon stand. Drei Männer an einem Tisch, freundlich lächelnd, und einer nach dem anderen sagt: „Ich bin der Mörder von Frau Angelika Holzenkämper." Dann die Stimme aus dem Off: „Nur einer dieser Herren kann der Mörder von Angelika Holzenkämper sein. Ihn fordern wir auf: Sag die Wahrheit!" Ob dann Musik kam oder nicht, hatte er vergessen. Jedenfalls gab es eine Jury, die stellte den Kandidaten ein paar Fragen, und wenn die Zeit um war, wurde abgestimmt. Dann: „Und jetzt bitten wir den wahren Mörder von Angelika Holzenkämper, sich zu erkennen zu geben und aufzustehen." Tja, Pustekuchen.
Diese Jury damals wusste immerhin eins: Einer von den Dreien da ist es. Stahnke war sich ziemlich sicher, dass er das auch

wusste. Die echte, die tote Angelika Holzenkämper war eine sehr ordentliche Frau gewesen. Es würde ihn schon sehr wundern, wenn ihr Leben nicht genauso aufgeräumt gewesen wäre wie ihre Wohnung. Aufgeräumt und ein bisschen langweilig. Na ja, jedenfalls nicht sehr aufregend.

Drei Männer. Ihr Freund, ihr Kollege, ihr Chef. Mit dem Freund habe sie in letzter Zeit andauernd Streit gehabt, sagte ihr Kollege. Der Kollege sei jünger als sie und sehr ehrgeizig und schon länger scharf auf ihre Prokura gewesen, sagte ihr Chef. Der Chef habe umstrukturieren wollen und sie nicht loswerden können, weil sie schon achtzehn Jahre in der Firma war, sagte ihr Freund.

Drei Männer, dachte Stahnke. Keine drei taubstummblinden Affen, sondern drei nette, hilfsbereite, beifallheischend lächelnde Staatsbürger. Kräftig alle drei. Und einer von ihnen war es.

Aber welcher? Der mit der Schnur in der Tasche?

„Die gibt's in jedem Baumarkt zu kaufen", sagte Kramer. „Rollenweise."

Gedankenleser, dachte Stahnke. Solltest mal woanders lesen. „Bis dann", sagte er und drückte den roten Knopf mit dem aufgelegten Hörer drauf.

Er steckte das Handy ein und blickte mit zusammengekniffenen Augen am Großsegel hoch. Wind war immer noch keiner, und jetzt war ihm die Geduld abhanden gekommen. Seufzend machte er sich ans Segelbergen.

Er stieg über Bank und Seitendeck aufs Kajütdach und hockte sich neben den Mastfuß. Hier gab es noch eine richtige Nagelbank, an der die verschiedenen Falltaue belegt waren, nur war sie natürlich kleiner als in den Piratenfilmen, und man konnte die einzelnen Pflöcke auch nicht herausziehen, um damit Meuterer niederzuschlagen. Aber da er ja meistens allein segelte, war das nicht weiter schlimm.

Wie alles an diesem Boot waren auch die Falltaue dick und kräftig. Gedrehtes Tauwerk, überlegte Stahnke. Auf modernen Booten wurde geflochtenes verwendet. Das war dann meist auch bunt, und man konnte die verschiedenen Funktionen auf einen Blick auseinanderhalten. Auf der „Olifant" gab es nur weißgraues Tauwerk, altes zumeist, das zwar auch aus Kunststoff war, aber aus-

sah wie Hanf; das war stilechter. Allerdings war Stahnke schon nach dem ersten Törn die Wühlerei in Tampenknäueln leid gewesen und hatte die Enden mit bunten Klebestreifen markiert.
Er löste das Fockfall, ging aufs Vordeck, zog das Tuch am Vorstag herunter, legte es zu einem Bündel zusammen und schlang die Schot zweimal herum. So würde das Segel auch bei einer plötzlichen Bö an seinem Platz bleiben. Die Schot war übrigens geflochten, bemerkte er. Warum hatte er nicht früher daran gedacht? Wahrscheinlich, weil das Tau viel, viel dicker war als sechs Millimeter. So dünne Schoten gab es selbst auf der kleinsten Jolle nicht.
Das Großsegel hatte zwei Fallen; das eine war an der Klaue der Gaffel angebracht, dort, wo sie wie eine offene Hand am Mast anlag, das andere weiter hinten, an der Krümmung. Es war gar nicht so einfach, dieses Segel allein zu setzen. Stahnke kam dabei seine bullige Statur zugute. Das Bergen ging weit einfacher. Er achtete darauf, dass das Segel in großen, gleichmäßigen Falten auf dem Baum zu liegen kam, während er die Fallen durch die Hände gleiten ließ. Da die Flaute anhielt, war auch das nicht weiter schwierig. Dann band er das Tuch mit Persenningstreifen zu einer Rolle zusammen. Segeltuch war empfindlich und teuer. Es lohnte sich wirklich, diese Arbeit ordentlich zu machen.
Ordnung. Warum nur war ihm diese Frau vom ersten Augenblick an wie die personifizierte Ordnung vorgekommen? Ein Mord war nicht in Ordnung, Mord war Chaos. Und da dieser Mord nie und nimmer ein Zufall war, sondern etwas, was mit dem Opfer in mehr als nur dem Faktum seiner Auslöschung zusammenhing, musste es auch Verbindungen vom Tod zum Leben dieses Opfers geben. Spuren von Unordnung in der Lebensordnung der Frau Holzenkämper.
Er zückte sein Handy. Ein paar hundert Meter an Backbord war gerade die Inselfähre vorbeigerauscht, und die „Olifant" begann im Schwell zu rollen. Stahnke holte die Großschot durch, damit der Baum nicht so pendelte, setzte sich dann wieder ans Ruder und drückte Wahlwiederholung. Kramer war sofort dran.
„Die Frau hatte doch ein Haushaltsbuch", sagte Stahnke. „Haben Sie das mal durchgesehen?"

„Ja, flüchtig." Das klang fragend. Kramer hoffte wohl ebenso inständig auf eine gute Idee wie er selbst.
„Irgendwelche Auffälligkeiten?"
„Eigentlich nicht. Keine Nebeneinnahmen, Ausgaben immer im Limit. Die hat wirklich jede Kleinigkeit aufgeschrieben." Da war sie wieder, diese Ordnung.
„Schauen Sie noch mal rein", sagte er.
„Irgendwas Bestimmtes, wonach ich suchen soll?"
„Nein." Kramer seufzte nicht, also tat Stahnke das selbst. „Gukken Sie nach Veränderungen. Auch in Kleinigkeiten. Gehen Sie ein paar Wochen zurück. Monate, wenn es sein muss." Er wusste, dass das eine Zumutung war angesichts der Berge unerledigter Arbeit. Aber irgendwie musste in diesem Knäuel unmarkierter Taue doch ein loses Ende zu finden sein.
Die Sonne stand noch hoch am Himmel, eigentlich musste er sich noch nicht auf den Heimweg machen. Aber die Lust am Faulenzen war ihm sowieso vergangen, und nach diesem Auftrag für Kramer hatte er ein schlechtes Gewissen. Er nahm sich vor, nach dem Festmachen noch einmal kurz im Büro vorbeizuschauen.
Unter der linken Sitzbank war ein kleines Armaturenbrett eingelassen. Der Schlüssel steckte, und er drehte ihn ohne vorzuglühen gleich auf Start. Unter den Bodenbrettern begann es zu keuchen und zu rasseln. Der 20-PS-Diesel war ein Langsamläufer mit extrem großer Schwungmasse, da hatte der Anlasser gut zu tun. Nach einigen Sekunden wurde das zähe Drehgeräusch von einem kraftvollen Pochen unterbrochen. Stahnke ließ den Schlüssel los - der Diesel war zum Leben erwacht.
Und starb wieder ab.
Stahnke wusste sofort, dass da etwas nicht stimmte. Es war schon passiert, dass der Motor nicht anspringen wollte. Weil der Gashebel nicht auf Startstellung stand, weil nicht lange genug vorgeglüht worden war, weil die Batterie nicht genug Spannung hatte. Wenn aber der Motor erst ansprang und dann wieder ausging, war etwas faul.
Die Batterie war randvoll, der Gashebel stand richtig, und Vorglühen war nicht nötig, schließlich war es warm, und der Diesel hatte morgens schon gelaufen. Er heizte die Glühkerzen trotz-

dem vor, wartete, bis von der Kontrollspirale weiße Rauchkräusel aufstiegen, und drehte den Schlüssel. Der Motor sprang an. Und ging wieder aus.
Stahnke hob den Kopf, kniff die Augen zusammen und schaute sich um. Da vorne an Backbord war die Küste, weit genug entfernt; die Ebbe zog ihn von ihr weg. Die Fahrrinne mit ihren roten und grünen Begrenzungstonnen beschrieb hier einen Bogen nach Westen, die „Olifant" trieb nach Norden. Vorläufig drohte keine Gefahr. Er streifte die sowieso aufgekrempelten Ärmel über die Ellbogen hoch, kniete sich vor den Motorraumdeckel und löste die beiden Schnappriegel.
Der Deckel war so breit wie der ganze Plichtboden und ziemlich schwer, konnte aber mit einer Lochstange arretiert werden. Da stand der Zweizylinder, merkwürdig schmal in diesem breiten Motorraum, in dem rechts und links allerhand Gerümpel herumlag, und ziemlich schmächtig im Vergleich zu seinem klotzigen Wendegetriebe. Diese Maschine war ihm fremd. Früher, vor mehr als zwanzig Jahren, als er noch seine „Hydra" gehabt hatte, eine alte, lange und aberwitzig schmale Barkasse, da war das anders gewesen. Da war der Reihensechszylinder das mächtige Herz, das Zentrum, der Dreh- und Angelpunkt. Diesen Diesel hatte er in- und auswendig gekannt, bis hin zum integrierten Ölklümpchenbeseitiger. Aber er hatte ja segeln wollen. An der „Olifant" waren ihm andere Dinge wichtig, der Motor hatte einfach im Bedarfsfall zu laufen. Und das hatte er ja auch so gut wie immer getan. Bis jetzt.
Behutsam beugte er sich vor. Ein paar Dinge konnte er identifizieren. Das da war der Luftfilter, da lief die Treibstoffleitung entlang, das da musste der Dieselfilter sein. Kraftstoff und Luft brauchte jeder Motor, ohne eins von beiden starb er ab. Stahnke angelte nach dem Werkzeugkasten, stellte ihn aber gleich wieder weg, stemmte sich hoch und ging aufs Vordeck. Da lag der große Pflugscharanker, der zwar nicht gerade stilecht, dafür aber auf Sand- oder Schlickboden schön griffig war. Die Kette war schon angeschlagen; es schäumte gewaltig, als er den sechzehn Kilo schweren Anker am Klüverbaum vorbei auf den berstenden Wasserspiegel plumpsen ließ. Stahnke ließ dreißig Meter Kette

ausrauschen, gab dann noch zehn Meter zu; das sollte reichen. Als das Rattern der Kette verklungen war, machte sich ein leises Gurgeln bemerkbar. Die Ebbe zog immer noch mächtig, und „Olifant" warf vor Anker eine kleine Bugwelle. Er lauschte einen Moment. Das Plätschern klang auffallend melodisch, fast wie das Trillern einer Balalaika. Es dauerte noch einen weiteren Augenblick, dann kam er drauf und hastete in die Plicht zurück, wo sein Handy vor sich hin trillerte.
„Ja?"
„Ich weiß nicht, ob das was ist. Klingt eigentlich albern."
Stahnke war wie elektrisiert. Kramer versprach niemals zuviel; eigentlich versprach er überhaupt nie etwas. Wenn Kramer eine vage Möglichkeit andeutete, dann lohnte es sich immer nachzubohren.
„Sie sprachen von Veränderungen", sagte Kramer. „Ich habe jetzt mal Kleidung und Nahrungsmittel außen vor gelassen. Da gibt es natürlich Schwankungen in den Ausgaben, aber bis man die auseinanderklamüsert hat, das kann dauern. Also habe ich mir erst die fixen Kosten angesehen und dann bei den anderen Posten geguckt, ob irgendwas Neues dazugekommen ist, was es vorher nicht gegeben hat. Oder ob irgendwas nicht mehr vorkommt, was vorher da war."
Stahnke wusste, dass es überhaupt keinen Zweck hatte, ungeduldig zu werden. Kramer setzte Schlussfolgerungen immer an den Schluss. Vielleicht war das ja auch Taktik - wer die Katze zu früh aus dem Sack lässt, dem hört anschließend ja sowieso keiner mehr zu. Wie auch immer; wer im Gespräch mit Kramer geduldig blieb, wurde meistens belohnt.
„Die Holzenkämper hatte kein Auto, das wussten wir ja. Wohnung mitten in der Stadt, vier Minuten Fußweg zum Büro, Fahrrad hatte sie auch. So zwei bis dreimal im Jahr ist sie mit der Bahn verreist, ich hab' zurückgeblättert. Ist alles im Buch notiert."
Stahnke starrte den Luftfilter an. Sollte er den zuerst abmontieren oder doch den Dieselfilter? Der Luftfilter ging leichter, aber er konnte sich eigentlich nicht vorstellen, dass so ein großes Ding so plötzlich verstopft sein konnte, ohne Vorwarnung. Beim Treibstoff war das etwas anderes, da reichten schon ein paar Rost-

partikel aus dem Tank, um die Leitung oder eine Düse dichtzusetzen. Er kannte Wassersportler, die ihre Tanks regelmäßig reinigten. Kramer würde das bestimmt tun, wenn er einer wäre, aber er war keiner. Stahnke wusste nicht einmal, ob Kramer überhaupt ein Hobby hatte. Darüber schwieg er genauso wie jetzt am Telefon. Aber Stahnke dachte überhaupt nicht daran nachzufragen. Bei diesen Schweige-Machtkämpfen war es genauso wie bei den albernen Auto-Duellen an den Engstellen in Tempo-30-Zonen: Einfach nur dickfellig bleiben.
Kramer gab zuerst auf; er musste wirklich aufgeregt sein, für seine Verhältnisse. „Busfahrkarten. Im Frühjahr hat sie Busfahrkarten gekauft, ein paar Wochen lang, erst einzelne und dann Zehnerkarten. Und Ende Mai war damit wieder Schluss."
Ach Gottchen. Aber er hatte es ja selbst so gewollt. Jede Spur war besser als keine, und Stochern im Nebel war besser als tatenlose Verzweiflung.
„Weiß man wohin?"
„Ich habe mir noch mal ihre Handtasche vorgenommen." Da drin? Wochenalte Fahrscheine in der aufgeräumten Handtasche von Frau Holzenkämper? „Da war aber nichts." Typisch - für sie und für Kramer. „Aber dann fiel mir ein, dass sie ihre Belege ja im Schreibtisch aufbewahrt hat. Monatsweise gebündelt. Da waren tatsächlich welche dabei. Bahnbus, die Linie zu den Binnenseen."
Dann war sie wohl baden, dachte Stahnke. Aber nein, Quatsch, da badet keiner im Frühjahr. Da sitzt man höchstens vor seiner Meerbude oder bastelt an seiner Jolle. Die Holzenkämper hatte beides nicht gehabt. Also Ausflüge, zum Wandern? Aber dann hätte sie auch mit dem Fahrrad fahren können, die acht oder zehn Kilometer. Außerdem war das keine Gegend zum Wandern, die Ufer waren entweder sumpfig oder bebaut, bis auf ein paar Ecken jedenfalls.
Kramer schwieg ausdauernd. Diesmal gab Stahnke nach: „Noch was?"
„Ja. Ein Fotoapparat."
Ein Fotoapparat. Wer kaufte sich heutzutage einen Fotoapparat? Man kaufte sich vielleicht ein neues Tele oder ein Fischauge oder einen Winder für 3,2 Bilder pro Sekunde. Oder man gab den alten

Kram in Zahlung und kaufte sich eine neue Ausrüstung. Oder eine Pocket für unterwegs oder eine Polaroid. Aber einen Fotoapparat, einfach so?
„Irgendwas Besonderes?", fragte er.
„Ja und nein", sagte Kramer. „Allround-Kamera mit Autofocus, gar nicht mal so billig, aber dafür narrensicher. Ich habe selber so'n Ding."
Stahnke nahm die Vorlage nicht auf. Er wusste, dass es da etwas gab, das er noch nicht verstand. „War ihrer denn kaputt oder geklaut?"
„Sie hatte gar keinen. Ist mir auch jetzt erst aufgefallen, dass es in der ganzen Wohnung kein einziges Fotoalbum gibt. Auch keine Diakästen. Gar nichts in der Richtung."
Auch keine Videokamera, ergänzte Stahnke für sich. Die Holzenkämper schien zu den Menschen gehört zu haben, die sich die Welt gleich an Ort und Stelle anschauten statt als Konserve. Aber dann hatte sie sich doch eine Kamera gekauft. Vielmehr einen Fotoapparat.
„Und was hat sie damit gemacht?"
„Geknipst", sagte Kramer trocken. „Quittungen für Filmentwickeln und Abzüge waren auch dabei. Nur Bilder waren keine da."
„Schicken Sie jemanden hin, noch mal nachgucken."
„Banter müsste schon da sein."
Noch einer, der im Nebel stochern musste. Stahnke studierte seine linke Handfläche, in deren Haut, die zwischen den hornigen Stellen an den Fingerwurzeln weich und rosaweiß war, ein paar Fasern von altem Tauwerk steckten. Gleich würde sie schwarz und glitschig sein und nach Dieselöl stinken, dann konnte er wieder ewig schrubben, um nicht das ganze Schiff einzudrecken, und vielleicht würde er wieder seinen Ausschlag bekommen. Er hatte eine unberechenbare Öl-Allergie, die ihm manchmal die Haut von den Händen schälte, dass die Flächen wie Kraterlandschaften aussahen und er sich niemandem mehr die Hand zu geben traute. Hätte er sich doch bloß eine Trailerjolle gekauft, ohne Motor. Oder vielleicht gleich ein Surfbrett.
Surfbrett. „Kramer, dieser Kollege von der Holzenkämper, wie heißt der noch?"

„Willers." Richtig. Groß, breitschultrig, braungebrannt. Sehr höflich, hatte beim Verhör einen sehr guten Eindruck gemacht. Einen verdächtig guten. Stahnke kannte Typen wie den, Typen, die alle Normen mühelos erfüllten, die im Strom vorneweg schwammen, für die Glück haben selbstverständlich war. Solche Typen waren auch in ihrer Freundlichkeit zielstrebig. Entweder war Willers eine Ausnahme, oder er hatte es sehr darauf angelegt, bei seinen Gegenübern gut anzukommen.

„Der fährt doch einen blauen BMW Touring, oder?"

„Und?"

Stahnke hatte nach dem Verhör aus seinem Fenster im dritten Stock geschaut und Willers davonfahren sehen. „Der hat doch eine Surfbretthalterung auf dem Dach. Der ist Surfer."

„Ja." Die flachen Binnenseen waren ein Surferparadies. „Soll ich mir den Mann noch mal vornehmen?"

„Unbedingt", sagte Stahnke und beendete das Gespräch. Er ging noch einmal zum Mast, heißte den schwarzen Ankerball vor und wandte sich dann wieder dem Motor zu.

Er hatte sich für den Dieselfilter entschieden. Die Mutter saß nicht sehr fest, und schon nach der ersten Vierteldrehung mit dem Schraubenschlüssel begann Treibstoff in die Bilge zu tropfen. Fluchend drehte Stahnke den Anschluss wieder fest und kramte in der Steuerbord-Backskiste nach Putzlappen. Er fand welche unter einem Haufen alter Taue. Der frühere Besitzer der „Olifant" hatte praktisch in jedem Winkel welche hinterlassen. Warum nur warfen Segler niemals altes Tauwerk weg? Aus übertriebener Hochachtung für das Seiler-Handwerk wohl nicht. Nein, das musste eine kollektive fixe Idee sein: Das hat Wert, das kann noch zu etwas nutze sein . . .

Er war schon wieder halb in den Motorraum gekrochen, als ihm der Gedanke kam, dass er ja zunächst einmal den Diesel-Absperrhahn zudrehen musste. Der war ganz hinten unter dem Tank, das wusste er. Er krabbelte auf allen Vieren durch die Plicht, stieß sich das Knie an der Großschothalterung und fluchte lästerlich. Zurück ging er aufrecht und schlug sich dabei den Kopf am Großbaum an. Als er den Filter endlich gelöst hatte, war er schweißgebadet. Ächzend richtete er sich auf, wischte sich die öligen Hände ab und hielt das Gesicht in den kühlenden Wind.

Wind! Augenblicklich fiel der Ärger von ihm ab. Er sprang aufs Seitendeck und peilte die Lage. Der Wind war ablandig, und er war schwach. Er würde kreuzen müssen, gegen den Strom der Ebbe, die immer noch sehr kräftig war, und dabei jedesmal das Fahrwasser queren. Größere Pötte waren jetzt zwar nicht zu erwarten, da der Wasserstand stetig sank, aber Binnenschiffe und Fähren fuhren immer. Zwei tief abgeladene Kähne, von denen nur Bug, Heck und Lukenränder aus dem Wasser zu ragen schienen, passierten gerade die „Olifant" in gebührendem Abstand. Es war mehr als fraglich, ob er mit diesem bisschen Brise überhaupt vorwärts kommen würde. Stahnke wandte sich wieder dem Filter zu, als sich sein Handy erneut bemerkbar machte.

„Volltreffer", sagte Kramer.

„Hat er den Mord gestanden?" Soviel Glück kam Stahnke etwas gespenstisch vor.

„Nein. Aber so einiges andere."

Dietmar Willers, 37, war tatsächlich schon lange auf den Posten der Frau Holzenkämper scharf gewesen. Sie hatte etwas, was er wollte, und das hatte sie, die keineswegs unattraktiv gewesen war, in seinen Augen noch begehrenswerter gemacht. Sie hatte sich auf eine Affäre mit ihm eingelassen, ohne aber die Beziehung mit ihrem Freund zu beenden. Willers hatte erkannt, dass die Sache zu nichts führen konnte, und wollte die Affäre beenden.

„Da hat sie ihm Geld angeboten", berichtete Kramer, „eine ganze Menge Geld. Das hat er genommen. Er hat sich von ihr aushalten lassen."

Kramer hatte Willers, der ebenfalls mitten in der Stadt wohnte, zu Hause angetroffen. Er hatte sich krank gemeldet, und offenbar ging es ihm wirklich nicht gut. „Er hat damit gerechnet, dass wir auf ihn kommen würden, und hat deshalb gleich ausgepackt. Sagt er."

Stahnke schaute auf seine Uhr: Keine Dreiviertelstunde war zwischen den beiden Telefonaten vergangen. Respekt.

„Aber ist er unser Mann?", fragte er. „Sie war doch die Gans mit den Goldeiern, warum hätte er sie umbringen sollen?"
„Weil das ein unhaltbarer Zustand war", sagte Kramer. „Willers will noch was werden in seinem Beruf, und wenn der Freund von der Holzenkämper den beiden draufgekommen wäre, dann hätte der bestimmt dem Chef was erzählt. Und dann wär's aus gewesen mit der Karriere."
„Würde ich sofort glauben, wenn der Freund hier die Leiche wäre."
Dieser Freund, wie hieß er doch gleich, richtig: Rosenfeld, Siegfried Rosenfeld, war ein ziemlich verschlossener Typ. Höflich, aber schweigsam. Handwerker, durchaus stattlich, aber über fünfzig und keine männliche Schönheit wie Willers. Stahnke gestand sich ein, dass er diesen Mann nicht mochte, obwohl er keine so unmittelbaren Aversionen bei ihm auslöste wie der blonde Surfer. Rosenfeld war Camper, und Camper pflegten ihren Urlaub unter ganz ähnlichen Umständen zu verbringen wie Segler, sie legten sogar meist größere Entfernungen zurück als Wassersportler, trotzdem hatte Stahnke fundamentale Mentalitätsunterschiede erkannt. Wo der Segler die Weite sucht, hat der Camper seine eigene Enge immer dabei, hatte er es einmal ausgedrückt. Da hatte er gerade mit einem Kollegen vom Raubdezernat in der Kajüte gebechert. Der hatte gelacht, die Arme ausgestreckt und an beide Kajütwände zugleich geklopft.
„Reden Sie mit Rosenfeld", sagte Stahnke. „Fragen Sie, ob er etwas wusste von dem Verhältnis mit Willers. Und wo sein Camper im Moment steht." An den Binnenseen gab es mehrere Zelt- und Caravan-Plätze. „Rufen Sie mich umgehend wieder an."
„Ja", sagte Kramer.
Die „Olifant" hatte wieder zu rollen begonnen, anscheinend war die Inselfähre schon auf dem Rückweg. Hätte er Kramer nicht doch einen Hinweis auf seine eigene Lage geben sollen? Ein Anruf, und die Kollegen vom Wasserschutz wären in einer halben Stunde da. Aber noch konnte sich Stahnke nicht mit dem Gedanken anfreunden, flügellahm in den Hafen eingeschleppt zu werden.
Er begann den Filter zu zerlegen, die Siebe und Lamellen zu säubern und mit einem Pfeifenreiniger in den dünnen Messingrohren

zu stochern. Schmutz gab es reichlich, aber keinen Pfropfen. Trotzdem wienerte er alle Teile, ehe er sie wieder zusammensetzte, um ganz sicher zu gehen.

Der Rosenfeld und die Holzenkämper hatten während der ganzen Zeit ihrer Beziehung getrennt gelebt. Ob sie beide gebrannte Kinder waren? Aber Rosenfeld hatte dieser Zustand bestimmt nicht gepasst. Hatte er sie unter Druck gesetzt? Willers hatte von Streitereien berichtet. Konnte man ihm trauen? Anscheinend traute ihm sein eigener Chef nicht, sonst hätte ihn der Krage ja wohl nicht indirekt angeschwärzt.

Aber die doppelte Beziehung war offenbar Fakt, und damit hatte Rosenfeld ein eindeutiges Motiv. Verschlossene Menschen neigen häufig zu Zornesausbrüchen. Wenn Rosenfeld nun erfahren hatte, dass seine Freundin ihn betrog, wenn er sie in einem Anfall von Jähzorn erdrosselt hatte? Mord oder Totschlag im Affekt. Klang plausibel, musste nur noch bewiesen werden.

Stahnke baute den Dieselfilter wieder ein und nahm sich den Luftfilter vor. Dessen Deckel war nicht wie üblich mit einer Flügelschraube, sondern mit einer Sechskantmutter gesichert, und die war total verrostet. Statt roher Gewalt war wohl Rostlöser angebracht; Stahnke wollte keine weiteren Schäden riskieren. Rechts und links vom Motorfundament lagen Öldosen, Dieselkanister, Trichter, Schläuche, Farbdosen und Werkzeug bunt verstreut. Irgendwo da unten musste auch die Spraydose mit dem Kriechöl sein. Er schämte sich, als er in dem Chaos wühlte. Außen hui, innen pfui; das hatte seine „Olifant" wahrlich nicht verdient.

Irgendwie brachte ihn das auf Magnus Krage. Die Krage KG hatte immer einen tadellosen Ruf gehabt, aber seit einiger Zeit gab es auch andere Informationen. Krage junior, auch schon an die fünfzig, hatte den Betrieb erst vor ein paar Jahren übernommen, sein Vater hatte die Leitung bis kurz vor seinem Tode nicht abgeben mögen. Magnus Krage hatte lange Zeit ein typisches Müßiggängerleben geführt, ehe er spät und reich heiratete. Ob ihn seine Biographie zur Führung eines der größten Betriebe am Ort - Krage-Farben - nun unbedingt prädestinierte, durfte bezweifelt werden. Und das wurde es, vorerst noch unter der Hand.

Ungeschickte Einkaufspolitik und unsolide Kalkulation, hieß es. Außerdem ziehe Krage immer wieder größere Summen für den eigenen Bedarf aus dem Betrieb. Mehrere hochqualifizierte Mitarbeiter waren schon abgewandert. Die geplante Umstrukturierung war nichts anderes als ein Versuch, diese Entwicklung zu verschleiern.

Da war die Spraydose. Stahnke sprühte die rostige Mutter ein und wartete darauf, dass das Kriechöl seine Wirkung tat. Beim Verhör war ihm aufgefallen, dass er Krage persönlich kannte, überlegte er, während er die Spraydose in seinen glitschigen Händen drehte. Er musste ihm schon öfter begegnet sein. Aber wo? Wo überschnitten sich seine Kreise mit denen eines schwerreichen Industriellen?

Stahnkes Blick fiel auf das leuchtend orange Preisschild, das am unteren Dosenrand klebte. „Wassersport Haddinga" - genau. Da war er oft und streifte zwischen den Regalen umher, trotz der unverschämten Preise, weil der Laden so ein Flair hatte und so einen einmaligen Geruch nach Tauwerk, Segeltuch und Teer. Da kaufte er manchmal auch Dinge, die es anderswo billiger gab, zum Beispiel dieses Kriechöl, weil der Laden eben so günstig am Hafen lag. Und da hatte er auch Krage gesehen. Beiläufig, deshalb hatte er sich auch nicht gleich erinnert, aber eindeutig. Und mehrmals.

Magnus Krage war also Segler. Stahnke erinnerte sich an einen kräftigen, hornigen Händedruck. Hornhautinseln auf weichen Bürohänden, Schwielen, die Krage sich wohl kaum bei der Arbeit erworben hatte, ebensowenig wie er selbst. Und wo segelte er? Nicht hier auf dem Fluss, davon hätte Stahnke gewusst, schließlich kannte er sich in seinem Revier aus. Auf dem Mittelmeer? Möglich, aber von drei oder vier Trips im Jahr bekam man nicht solche Hände. Er musste ein Boot hier in der Nähe haben, und da kamen nur die Binnenseen in Frage.

Stahnke richtete sich auf und schlang den rechten Arm um den Großbaum, fühlte die harten Falten des Segeltuchs. Wenn Krage auf einem der Binnenseen ein Boot hatte, dann hatte er dort mit Sicherheit auch ein Wochenendhaus. So gut wie jeder, der zum hiesigen Geldadel zählte oder dazugezählt werden wollte, hatte dort eins, darum waren die Grundstückspreise in den letzten zehn Jahren auch so in die Höhe geschnellt. Und wenn Krage dort ein Häuschen hatte, dann musste die Holzenkämper das gewusst haben. Und wenn die Holzenkämper per Bus dorthin gegondelt war, mit einem nagelneuen Fotoapparat, und Fotos gemacht hatte, die nicht aufzufinden waren, dann konnte das nur eines bedeuten. Stahnke griff zum Handy, das im selben Augenblick zu trillern begann.

„Rosenfeld heult", sagte Kramer. „Sagt, er hätte von der Affäre mit Willers nichts gewusst, er hätte seine Freundin über alles geliebt, und gestritten hätten sie sich nur, weil er endlich eine gemeinsame Wohnung haben wollte. Es sei aber kein heftiger Streit gewesen. Jetzt ist er völlig fertig."

„Lassen Sie ihn", sagte Stahnke. So knapp wie möglich erklärte er Kramer seine neueste These. Der schwieg, und das Schweigen klang skeptisch.

„Gehen Sie los", sagte Stahnke. „Prüfen Sie nach, ob es dieses Haus gibt und dieses Boot. Und wenn ja, gehen Sie zu Krage und sagen ihm auf den Kopf zu, dass er der Mörder ist. Klar?"

„Na denn", sagte Kramer. Für seine Verhältnisse klang das direkt aufsässig.

Stahnke legte das Handy weg und griff zum Schraubenschlüssel; die Mutter ließ sich jetzt leicht lösen. Der Filtereinsatz war sauber. Er schraubte das Gehäuse wieder zusammen, öffnete den Dieselhahn, glühte vor und startete. Der Motor sprang an und ging sofort wieder aus.

Es gab einfach keine andere Möglichkeit. Krage war ein Windhund, seine Frau in erster Linie reich und seine Ehe eine reine Geldbeschaffungsaktion. Der Mann musste einfach eine Geliebte haben, mindestens, und so ein Wochenendhaus war ein ideales Nest; unter der Woche war an den Seen wenig los. Die Holzenkämper war Prokuristin, die musste gemerkt haben, dass der Betrieb den Bach runter ging. Da hatte sie schnell etwas tun wollen für sich und ihren Lover. Ganz klassisch, Schnappschuss in flagranti.

Stahnke merkte, dass sich das Bild, das er sich von Angelika Holzenkämper gemacht hatte, mehr und mehr in nichts auflöste. Die langweilige Ordnung, die gut geregelte Monotonie - reine Fassade, eine Maske, mehr nicht. Ihre akribische Buchführung war eine ausgezeichnete Tarnung gewesen für ihre verdeckten Beziehungen und Geschäfte. Geschäftsbeziehungen.

Er hatte sich auf die Holzbank gesetzt, ein Kissen hinter dem Rücken; weitere Basteleien am Motor hatten keinen Zweck. So langsam wurde es Abend, und er kam wohl doch nicht umhin, die Wasserschutzpolizei um Schlepphilfe zu bitten.

Wieder ertönte das Handy-Signal. „Kramer hier. Also Haus und Boot gibt es, und ich bin jetzt bei Krage. Er streitet alles ab. Ist ziemlich wütend."

„Sagen Sie ihm, dass wir wissen, dass er eine Geliebte hat und wie die heißt." Darauf kam es jetzt auch nicht mehr an.

Er hörte Kramers Hand am Handy rascheln, dann seine gedämpfte Stimme, die von einer lauten unterbrochen wurde. Dann meldete sich Kramer wieder.

„Krage leugnet, schimpft und droht", sagte er. „Nervös ist er eindeutig, aber das ist wohl normal, wenn man bedenkt, was wir ihm hier vor den Latz knallen." Immerhin sagte Kramer „wir", registrierte Stahnke.

Er musste Krage aus dem Gleichgewicht bringen, umschmeißen, und das ging nur mit etwas Konkretem. Was hatten sie denn Konkretes? Die Leine höchstens. Er ließ seinen Blick über „Olifants" Takelage schweifen. Was für ein Boot Krage wohl hatte? Auf den Binnenseen segelte alles bis hin zum kleinen Kajütkreuzer. Wie passte die dünne Leine dazu?

Da oben baumelte der Ankerball, zwei ineinandergeschobene runde Kunststoffscheiben, an der Flaggenleine. Das war es.

„Sagen Sie ihm, wir wissen, dass die Tatwaffe ein Stück von seiner alten Flaggenleine war", sagte er. „Sagen Sie ihm, dass er sich bei Haddinga eine neue gekauft, die alte aber aufbewahrt hat. Und dass sie ihm für die Holzenkämper gerade recht gekommen ist."

„Wissen wir das?", fragte Kramer. „Los jetzt", sagte Stahnke.

Diesmal waren zwei gedämpfte Stimmen zu hören. Dann wieder Kramer, fast flüsternd: „Er wackelt, aber noch fällt er nicht. Es scheint etwas dran zu sein, aber ich müsste nachstoßen."

Aber womit? Was hatte er noch? Stahnke starrte das Handy an. Und seine Hand. Die Hand mit den gelblichen Hornhautplacken auf der öligen Haut, in die kleine schwarze Faserpartikel eingebettet waren wie vorzeitliche Fliegen in Bernstein.
„Seine Hände", sagte er. „Lassen Sie sich seine Hände zeigen. Sagen Sie ihm, er muss mit ins Labor, Hautproben nehmen."
Wieder die gedämpften Stimmen. Dann Gebrüll, Gepolter. Da war die Stimme von Banter, seinem zweiten Assistenten; Kramer war also nicht allein, aber um Kramer brauchte man sowieso keine Angst zu haben, auch wenn Krage einen halben Kopf größer war. Jetzt klang Krages Stimme ganz nahe. Sie fistelte und schnappte über. Es krachte und knisterte im Lautsprecher, dann war Ruhe.
„Das war's", sagte Stahnke.
Langsam und mechanisch wischte er sich die Ölreste von den Händen. Er fühlte sich wohlig erschöpft, wie nach einem gelungenen Liebesakt oder nach einem Segeltörn. Der Krage wird wohl eine Weile auf beides verzichten müssen, dachte er. Recht so, was hat er die Frau auch erdrosselt.
Dann ließ er den Lappen fallen. Erdrosselt, das war es doch. Wie stellte man denn einen Diesel ab? Nicht mit dem Zündschlüssel, denn ein Diesel hatte keine Zündung, sondern mit der Drossel. Die Drosselklappe nahm dem Motor die Luft, erstickte ihn. Sie wurde über einen Seilzug betätigt. Stahnke warf sich bäuchlings auf den Plichtboden und langte in den Motorraum hinein. Da war der Seilzug, auf Spannung. Da lag das ganze Gerümpel. Und da war der volle Kanister, der auf dem Seilzug stand.
Ordnung, dachte er, als der Motor bereits lief und er die Ankerkette mit der Winde einzuholen begann, Ordnung ist schon eine gute Sache. Aber Unordnung bringt auf Ideen.

Soviel steht fest

Immer die dritte Hürde", sagte Feiler, schüttelte den Kopf und senkte den Blick. Er sagte es bedauernd, aber in seiner Stimme schwang jene Art von Bedauern mit, die nach der Enttäuschung kommt und Versagern gilt. Der, auf dessen Körper Feilers gesenkter Blick ruhte, hatte ganz offenkundig versagt. Und darum lag er jetzt auch da und war tot.

„Was hatte er denn überhaupt so früh hier zu suchen?", fragte Stahnke. Halb acht Uhr morgens war es, und der junge Sommertag ließ zwar schon die Wärme erahnen, die er bringen würde, aber noch wehte eine frische Brise und ließ den fülligen Hauptkommissar schaudern.

Trainer Hubert Feiler schaute auf und runzelte verständnislos die Stirn. „Jeden Morgen ab sechs Uhr wird trainiert, der Junge ist Schüler, anders geht das gar nicht." Er korrigierte sich: „War Schüler." Dann, mit etwas heiserer Stimme, setzte er hinzu: „Vielleicht das größte Talent, das wir hier jemals hatten. Und das will etwas heißen."

Allerdings, dachte Stahnke. Er interessierte sich nicht die Bohne für Leichtathletik, aber diese Geschichte hatte selbst er mitbekommen. Die beiden stärksten Hürdensprinter der Republik, die einzigen, die auf der 110-Meter-Strecke international mithalten konnten - und beide stammten sie aus demselben kleinen ostfriesischen Dorf, beide gehörten sie zum selben Verein. Michael Werring, 28, inzwischen ein gesuchtes Werbe-Model für Rasierklingen und Duschgel. Und Karl-Hendrik Storm, 19 Jahre, tot.

Immer die dritte Hürde, hatte Feiler gesagt. Storms Körper lag vor der vierten, das Gesicht auf der linken Wange, Arme und Beine ausgestreckt, oder nein, doch leicht angewinkelt. Dort, wo Hürde Nummer drei hätte stehen sollen, klaffte ein Loch in der schwarzweißen Hindernisreihe, wie eine Zahnlücke. Hürde drei von Bahn drei war nach vorne gekippt oder vielmehr gerissen und offenbar im Fallen ein gutes Stück mitgeschleift worden. Jetzt lag sie mit der verschrammten Latte auf der rissigen Tartanbahn, das fleckige Metallgestell wie anklagend in die Höhe gestreckt.

Und davor lag Karl-Hendrik Storm auf dem Bauch und war tot.
„Was war denn das eigentlich mit dieser dritten Hürde?", fragte Stahnke.
Feiler warf die Hände hoch, mit einem plötzlichen Ruck. „Das war doch sein Schwachpunkt, immer nach der Beschleunigungsphase, jedesmal mit dem Sprungbein im Nachziehen die Hürde mitgenommen. Konzentration, nichts als Mangel an Konzentration! Wie oft hab ich's ihm eingetrichtert." Stahnke trat unwillkürlich einen halben Schritt zurück, denn Feiler hatte die Augen aufgerissen, die Zähne gebleckt und sämtliche Finger zu Krallen gekrümmt, so, als hätte er vergessen, wer sein Gegenüber war, als hätte er einen begriffsstutzigen Läufer vor sich. Storm vielleicht, dachte Stahnke. Und: Dieser Feiler ist ein Fanatiker. Aber er ist ein erfolgreicher Trainer. Vielleicht muss er ja so sein.
Der Sportplatz des SV Arminia hatte weder Wälle noch Zäune, nur eine ausgewachsene Birkenhecke als Windschutz, und war bis auf den flachen Backsteinbau mit den Dusch- und Geräteräumen vollständig eben und überschaubar. Umso überraschter war Stahnke, dass plötzlich eine fremde Gestalt zwischen Amtsarzt und Polizeifotograf auftauchte; dann machte er sich klar, dass er diesen Mann schon vor Minuten hatte auftauchen sehen, als winzig-stetige Bewegung am anderen Ende des Geländes, die sich seiner Wahrnehmung im Näherkommen durch Gewöhnung nach und nach entzogen hatte. Jetzt war er da, und er war mitnichten ein Fremder, sondern Michael Werring, amtierender deutscher Meister im Hürdensprint und bestgeduschter Body im Werbefernsehen.
Ein etwas fülliger Body, fand Stahnke. Natürlich war der kleine Wulst, der da Werrings T-Shirt an der Taille ein wenig ausbeulte, ein Nichts im Vergleich zu der eigenen Speckschürze, über die sich der Hauptkommissar immer wieder ärgerte und die er immer wieder mit wütenden Hungerkuren bekämpfte und die sich doch immer wieder als stärker erwies. Aber diesen kleinen Wulst gab es an dem goldbraun angebratenen Dusch-Body im Fernsehen eben nicht. War Werring nicht austrainiert? Kaum vorstellbar, dachte Stahnke. Der Athlet wird im Winter gemacht, und jetzt ist Sommer, kurz vor den Meisterschaften. Wer jetzt nicht fit

ist, der schafft's auch nicht mehr. Obwohl, für die deutsche Meisterschaft müsste es eigentlich trotzdem noch reichen, denn die Konkurrenz war kaum der Rede wert, jetzt, da Storm tot war. Aber wer hatte das ahnen können?
Werring hatte sich neben Feiler gestellt und ebenso wie er die Fäuste in die Taille gestemmt. Wie Vater und Sohn standen sie da; die Vaterfigur einen halben Kopf kleiner, ergrauter, zerzauster, die Kleidung ein wenig schlampiger, die Haltung etwas gebeugter, trotzdem war die Ähnlichkeit frappierend. Feiler hatte Werring entdeckt, gefördert, geformt, hatte ihn zu dem gemacht, was er heute war. Und genauso war es mit Storm gewesen. Nur dass Storm jetzt tot war.
Stahnke ging zu Werring hinüber, stellte sich vor, gab ihm die Hand, verkniff sich gerade noch die Beileidsbekundung. Der Mann sah auch so schon verstört genug aus. Sein Blick irrte zwischen dem Hauptkommissar, dem Trainer, der umgefallenen Hürde und dem Toten umher. Mit beiden Händen knetete er den Griff seiner Sporttasche.
„Wollten Sie zusammen trainieren?", fragte Stahnke.
Werring schüttelte den Kopf. „Nein, ich fange an, wenn er geht. So machen wir das - haben wir das schon länger gemacht."
„Warum?"
„Na, weil er doch Schüler ist. War. Zeitprobleme eben."
Kein Grund für Werring, nicht auch morgens um sechs anzutreten, fand Stahnke. Der Fettwulst stand eben doch für allgemeine Bequemlichkeit. Werring hatte sich lange für den Erfolg geschunden, und offenbar hatte er das Gefühl, dass es jetzt reichte.
Oder waren sich die Rivalen bewusst aus dem Weg gegangen?
Was Stahnke hier untersuchte, war ein Unfall mit Todesfolge, reine Routine, das wusste er ganz genau. Zu nichts anderem hatte man ihn hergerufen, und nichts anderes gab es hier zu sehen. Und trotzdem wurde ihm schlagartig bewusst, dass dieser Gedanke schon die ganze Zeit hinter seiner Stirn herumgelungert und nur auf seine Chance gewartet hatte. Dies hier war eine klassische Konfliktlage: Rivalität, und zwar um die materielle Existenz. Der eine hat, der andere will es haben. Der es haben will, meint es nicht bös und denkt vielleicht sogar, es sei genug für zwei da.

Was der, der es hat, ganz anders sieht.
Aber änderte das irgendwas daran, dass dies hier eindeutig ein Unfall war?
Stahnke rief sich die Leichtathletik-Wettkämpfe ins Gedächtnis, die er gesehen hatte, allesamt im Fernsehen. Andauernd wurden da Hürden gerissen, und meistens passierte dabei überhaupt nichts, außer dass ein Läufer aus dem Rhythmus kam. Ganz selten schlug mal einer lang hin. Das gab dann ein paar Kratzer, Abschürfungen. Sicher nicht angenehm, aber doch alles andere als lebensgefährlich.
Karl-Hendrik Storm aber war tot.
Ein paar weitere Details fielen dem Hauptkommissar ein, Wissenskrümel, die noch aus dem eigenen Sportunterricht stammen mussten. Schwungbein und Sprungbein. Mit letzterem sprang man ab, klar, während ersteres möglichst gerade vorgestreckt und unmittelbar hinter der Hürde heruntergeklappt werden musste, um gleich wieder Bodenkontakt zu finden und beschleunigen zu können. Das Sprungbein wurde, kaum dass es seine Schuldigkeit getan hatte, angewinkelt und nachgezogen.
Das war es also, was Storm immer falsch gemacht hatte, wie Feiler sagte, immer an der dritten Hürde. Nur noch ans Vorwärtsstürmen gedacht und vergessen, dass das Sprungbein ja auch noch da war und hoch und sauber nachgezogen werden musste.
Und deswegen sollte er jetzt tot sein?
So eine Hürde war kein wirkliches Hindernis, sie war eigens so konstruiert, dass sie bei leichter Berührung kippte. Und das hatte die dritte Hürde ja auch getan. Außerdem waren die Latten, die oben in den Aussparungen der Metallrohre steckten, aus dünnem Holz und brachen leicht, was ein weiterer Sicherheits-Faktor war.
Diese hier war nicht gebrochen. Warum nicht, wenn doch ein Hürdensprinter, der zweitstärkste in Deutschland oder vielleicht sogar der stärkste, in vollem Lauf daran hängenblieb und so schwer stürzte, dass er jetzt tot war?
Stahnke versuchte, sich die Sprungbewegung vorzustellen. Abdrücken, nachziehen, anwinkeln, abspreizen. Vielleicht war Storm mit dem Fuß am rechten Metallrohr hängengeblieben. Das wür-

de die intakte Latte erklären. Aber nicht, warum Storm jetzt tot war.
Ob der Junge nun an seinen Kopfverletzungen oder durch sein gebrochenes Genick gestorben war, da wollte sich der Doc noch nicht festlegen. Auf jeden Fall musste sein Körper mit enormer Wucht auf den Boden geschlagen sein, ohne eine Chance zum Abstützen. Sein Körper und sein Kopf. Natürlich konnte das passiert sein, nachdem er die Hürde gerissen und sich mit den Füßen irgendwie darin verhakelt hatte. Eher aber sah es danach aus, als hätte ihm etwas mit Macht die Beine unter dem Hintern weggerissen.
Wieder lauerte da ein Gedanke, ungerufen, aber hartnäckig. Onkel Happa? Was hatte denn der mit einem toten Hürdenläufer zu tun?
Stahnke stammte aus kleinbürgerlichen Verhältnissen, und in der Zeit nach dem Krieg waren seine Eltern richtig arm gewesen, so arm, dass sie von ihren drei Zimmern eins untervermieten mussten. Was sich als großes Glück erwiesen hatte, denn einen besseren Mitbewohner als Onkel Happa konnte es auf der ganzen Welt nicht geben. Wie war denn bloß sein richtiger Name? Stahnke konnte sich nur an Happa erinnern, den Kosenamen, den sich der Mann durch seine unermüdliche Geduld beim Babyfüttern erworben hatte. Der richtige Name würde wohl auf dem Grabstein stehen, dachte Stahnke und seufzte. Und dann wusste er plötzlich den Zusammenhang.
Onkel Happa hatte ihn und seine Geschwister nicht nur gefüttert, er hatte ihnen auch Geschichten erzählt. Unendlich viele Geschichten. Einige davon hatten sich um seine Arbeit gedreht. Onkel Happa war nämlich Orgelbauer. Ein Meister. Und diese eine Geschichte handelte davon, wie seine Lehrjungen ihm einmal einen bösen Streich gespielt hatten.
Natürlich war es in Onkel Happas Geschichte kein böser Streich gewesen, in Wirklichkeit aber eben doch. Orgeln sind große Instrumente, und Orgelbauer klettern bei der Arbeit viel auf ihnen herum. Darum tragen sie Filzpantoffeln. Und Onkel Happa, der seine Arbeit liebte, pflegte schon in der Tür zur Werkstatt seine Straßenschuhe von den Füßen zu schleudern, in die Filzlatschen

zu treten und sofort dorthin zu eilen, wo er am Abend zuvor aufgehört hatte. Ohne Zwischenstopp.
Und einmal hatte es ihm dabei die Füße weggerissen, und er war fürchterlich auf die Nase gefallen. Weil seine Lehrjungs ihm die Pantoffeln auf dem Boden festgenagelt hatten.
Wie in Trance ging Stahnke zu jener Lücke in der Hürdenreihe, die von Nummer drei geblieben war, mit weichen, leisen Schritten, so als fürchte er, die Erinnerung zu verscheuchen. Vorsichtig nahm er die benachbarte Hürde Nummer drei hoch und setzte sich auf den Platz der gerissenen Nummer drei. Der rechte untere Holm endete genau über einer blauen Bahn-Markierung, mit denen die Standorte der 400-Meter-Hürden gekennzeichnet waren. Vorsichtig ging Stahnke in die Knie. Da war ein schmaler Spalt rund um die blaue Markierung, nur aus der Nähe zu sehen und fast nicht zu fühlen. Mühsam zog der Hauptkommissar sein Taschenmesser aus der zusammengepressten Hosentasche heraus, klappte es auf und schob die kleine Klinge in den Spalt. Da war Widerstand, vermutlich Klebstoff. Noch nicht ganz ausgehärtet, wie die Spuren auf dem Stahl bewiesen. Er zog die Klinge einmal ringsherum, hebelte dann. Das blau gefärbte Stückchen Tartanbahn sprang heraus. Darunter war eine kleine Höhlung. Und darin die blanke Öse eines Erdankers.
Wer konnte nur auf so was kommen, dachte Stahnke. Skurril. Absurd. Und eine überflüssige Frage, nebenbei. Nur ein Hürdenläufer. Und nicht irgendeiner, sondern dieser eine. Der andere von den beiden. Der, der nicht tot war.
Werring hatte sich nicht gerührt, hatte dem Kriminalbeamten regungslos zugesehen, ebenso wie Feiler. Er hat ihn genau gekannt, dachte Stahnke, er wusste alles von ihm, auch den Tick mit der dritten Hürde. Und er wollte noch nicht abtreten. Jetzt, wo er endlich oben war, populär, in der Werbung, an den Fleischtöpfen, zählte jedes weitere Jahr zehnfach. Ein Jahr noch ganz oben stehen, dann wären die Weichen gestellt. Und darum ...
Gleich wird er sagen, er habe ihn doch gar nicht umbringen wollen, dachte Stahnke, während er langsam auf Werring zuging, immer in diesen starren Blick hinein. Frühmorgens vor dem Training die Hürde präpariert, das Tartan-Stück eingesteckt und den

Holm mit dickem Draht am Erdanker festgemacht, anschließend selbst die Hürde umgeworfen und die Spuren verwischt, ja sicher, aber doch nur, um Storm zurückzuwerfen, um ihn auszuschalten für diese Saison. Aber doch nicht, um ihn umzubringen.

Oh doch, würde er dann sagen, dachte Stahnke. Umgebracht. Für so eine Tat darf es keinen Zeugen geben, schon gar nicht das Opfer. Storm hätte doch sofort gewusst, dass ihm da etwas passiert war, was eigentlich gar nicht passieren kann. Du wolltest ihn nicht ausschalten, du wolltest ihn töten. Und wenn es nicht gleich geklappt hätte, dann hättest du ihn erschlagen. Wer weiß, vielleicht hast du das sogar.

„Ich wollte ihn doch gar nicht umbringen", sagte Feiler.

Stahnke blieb stehen, als sei er mit dickem Draht an einen Erdanker gefesselt.

Feiler hatte die struppigen Augenbrauen angehoben, so dass seine rötliche Stirn unter den grauen Zotteln in tiefen Falten lag. „Immer das Sprungbein, immer an der dritten Hürde", sagte er, mehr anklagend als bedauernd. „Ich konnte reden, soviel ich wollte. Das perlte alles nur so ab. Mit Worten war da nichts mehr auszurichten. Was sollte ich denn machen?"

Werring hatte sich seinem Trainer zugewandt, sein Mund stand offen. Stahnke kramte in seinem Taschen nach den Handschellen, obwohl er wusste, dass er sie im Büro gelassen hatte. Er fand nur sein Schlüsselbund. Und ein Stück Draht.

„Irgendwas musste ich ja machen", sagte Feiler.

Soviel steht fest, dachte Stahnke.

Drei Männer für jede Frau

Was war das?" Die Serviererin hob fragend die Augenbrauen. Ihr Stift drehte über dem Block eine Warteschleife. „Valpolicella", sagte Stahnke. „Ein Viertel." Eigentlich trank er lieber Bier, aber beim Italiener erschien ihm Rotwein passender. Kramer, sein schweigsamer Assistent, hatte ihm mal Valpolicella empfohlen. Seitdem nahm er den immer, wenn es ihn zu einem Italiener verschlug. So wie jetzt in Magdeburg.

„Tut mir leid, aber ich glaube nicht, dass das auf der Karte steht." Die Serviererin war groß und schlank, mochte Ende zwanzig sein und hatte trotz ihrer uniformen Kluft mit Schürze und Pizzaketten-Logo am Revers so gar nichts Serviles an sich. Sie bediente, als wolle sie einfach nur hilfsbereit sein. Nett. Umso peinlicher, just diese Frau mit überzogenen Wünschen zu konfrontieren. Obwohl: Ein Italiener, dessen deutsche Bedienung Valpolicella nicht kennt?

„Warum nehmen Sie nicht Chianti?" schlug sein Gegenüber vor. „Der steht auf der Karte."

Stahnke bestellte, die Frau notierte und ging. Ohne diesen genervt-überlegenen „Geht doch"-Ausdruck im Gesicht, eher mit dem ehrlicher Erleichterung über vermiedene Missstimmung.

Die beiden Männer schwiegen aneinander vorbei. Michaeler hielt seinen Blick gesenkt, was Hauptkommissar Stahnke dazu nutzte, seinen sachsen-anhaltinischen Kollegen etwas gründlicher in Augenschein zu nehmen. Ein mittelgroßer, breiter Mann mit eindrucksvollem Schädel und einem markant gefurchten Gesicht, umrahmt von nur leicht zurückgewichenem, schwarzgrauem Haar und einem ebenso melierten Fidel-Castro-Bart. Kräftige Arme und Hände mit erstaunlich schmalen Fingern, auf denen sich schwarze Haare ringelten. Michaeler war dicht an der Pensionsgrenze und entsprechend abgeklärt. Eine stimmige Erscheinung. Stahnke, dem es in fünfzig Lebensjahren nicht gelungen war, seinen eigenen großen, stämmigen, etwas plumpen Körper zu akzeptieren, neigte dazu, andere Männer um ihr Äußeres zu beneiden. Jüngere gewöhnlich. Jetzt also auch schon ältere. Der Wein kam, und Stahnke musste sich zwingen, der Serviererin nicht das für ihn bestimmte Glas aus der Hand zu reißen.

„Und den sie dann genommen haben, keine Ahnung hatte der."

Für einen Moment drang das Gespräch vom Nachbartisch durch das gedämpfte Gemurmel, das das mäßig besetzte Restaurant in sanften Wellen durchströmte. Stahnke schaute aus den Augenwinkeln hinüber. Zwei Frauen, beide etwas jünger als er, die eine sportlich gekleidet, die andere im Kostüm, die eine brünett und geschoren, die andere dunkelblond gelockt, aber alle beide vom zupackenden Typ. Das sah man schon an der Art, wie sie Pizza und Lasagne zusprachen. Und das hörte man auch.

„Du hättest mal die Pläne sehen sollen, die der vorgelegt hat. Völlig falsch dimensioniert, so als ob der nie . . . "

„Aus dem Westen?"

„Natürlich aus dem Westen. Wie hätte der sonst . . . "

Zwei Blicke blitzten aus Augenwinkeln, zwei Köpfe, einer geschoren, einer lockig, senkten sich einander zu, zwei Stimmen wurden gleichzeitig gedämpft, einverständig, aufs Stichwort. Die Unterhaltung blieb erregt, war aber nun für Außensitzende nicht mehr zu verstehen.

Stahnke wandte seinen Blick eilig nach vorn. Ertappt. Und schaute direkt in Michaelers dunkelbraune, langwimprige Augen. Doppelt ertappt.

„Sie hatten gerade Ohren wie Rhabarberblätter." Der Ältere lächelte milde, väterlich, deutlich ironisch. Stahnke musste zurücklächeln.

Das Essen kam, und er wandte seine Aufmerksamkeit wieder der Serviererin zu. Nett sah sie aus, mit kurzem dunklem Haar, das ihren ausgeprägten Hinterkopf fast wie ein Helm umschloss, und feinen, nahezu geraden Augenbrauen, die ihre braunen Augen wirkungsvoll betonten. Sie arbeitete nicht mit professioneller Selbstverständlichkeit, eher mit Konzentration und Überlegung. Als müsse sie sich jeden Handgriff genau vor Augen führen, um ihn korrekt umzusetzen. Kaum denkbar, dass diese Tätigkeit sie überforderte. Wahrscheinlicher war das Gegenteil. Dass sie sich weigerte, mit einem Job, der sie unterforderte, aber ernährte, zu verwachsen.

Das alles erinnerte stark an Peggy Weiß. 31 Jahre, alleinerziehend, Leiterin einer Wäscherei-Filiale. Ausgesprochen intelligent, vielseitig interessiert, vor allem kulturell. Mörderin. Ihr erledigter Fall, ihr gemeinsamer Erfolg. Resultat einer gelungenen ostwestlichen Kooperation, die Michaeler und er soeben mit einem gemeinsamen Abendessen beim Italiener ausklingen ließen.

Michaeler hatte keine Bedenken, mit vollem Mund zu sprechen, ebenso wenig wie Stahnke. Kantinen-Gewohnheit. „Ein Wort über unsere Frauen", sagte er. „Die sind anders als drüben bei euch."

Das war Stahnke allerdings auch schon aufgefallen. Ohne Michaelers Hilfe hätte er nie so zielstrebig in Richtung Peggy Weiß ermittelt. Direkte Hinweise auf sie hatte es schließlich nicht gegeben, Tatzeugen auch nicht. Als man Broweleits Leiche vor zwei Tagen im Leeraner Julianenpark gefunden hatte, war sie längst kalt gewesen. Thomas Broweleit, 32 Jahre, Geschäftsmann, Musiker und Theatergänger, gut aussehend und sportlich noch dazu. Ein Bild von einem Mann, dessen bloße Existenz Stahnke gewöhnlich schon den Tag versauen konnte. Lebendig jedenfalls.

Michaeler hatte tatsächlich „drüben" gesagt. Aus Trotz? Zu DDR-Zeiten hatte Stahnke sich immer geweigert, von „Zone" oder „sogenannter DDR" zu sprechen. Keine Annäherung ohne Anerkennung. Seit sich die Neufünfländer aber so willig hatten annektieren lassen, seit sie dem Kohl so schamlos unter den Rock gekrochen waren, waren sie für Stahnke nur noch „die Zonis". Er musste eben immer dagegen sein. Vielleicht war Michaeler ja auch so ein Quertreiber.

„Wie anders?" fragte Stahnke. „Mehr wie die Männer?"

Michaeler lächelte wieder. „Dass eine Frau, die die gleichen Rechte ausübt und genauso stark ist wie ein Mann, dadurch weniger weiblich wird, das versucht man unseren Frauen seit zehn Jahren wieder beizubringen. Aber sie glauben es nicht."

„Es ist ja auch nicht so", sagte Stahnke.

„Natürlich ist es nicht so, aber wissen und glauben ist ja doch zweierlei. Unsere Frauen wissen, dass sie genauso viel wert sind wie jeder Mann, und sie glauben es auch. Und darum" - jetzt hob Michaeler Stimme und Zeigefinger leicht an - „gerade darum können sie sich auch diesen Emanzipations-Krempel sparen und ganz Frau sein."

Was hieß denn das nun wieder? Stahnke runzelte die Stirn. „Wie ist man denn ganz Frau?" fragte er. „Stark sein, aber keinen Gebrauch davon machen, um die Männer nicht zu verschrecken?"

„Ganz falsch." Michaelers Stimme hatte einen angenehm sonoren Klang, aber wenn er dozierte, schwang eine Menge Pathos mit. „Stark sein, auch Gebrauch davon machen, aber eben niemals die Männer kopieren, das ist es. Unsere Frauen nehmen sich all das heraus, was sich die Männer erlauben, vielleicht sogar mehr. Aber sie tun das nie auf die gleiche Weise."

„Versteh ich nicht."

„Ist auch schwer, wenn man's nicht kennt. Aber der gesellschaftliche Vorteil liegt klar auf der Hand. Die Ansprüche von Frauen und Männern äußern sich verschieden; so prallen sie nicht aufeinander, sondern zielen aneinander vorbei. Also keine Konfrontation, sondern Verzahnung." Michaeler strahlte, als hätte er dieses Modell selbst erfunden.

„Das haben Sie doch selbst erfunden", sagte Stahnke.

Michaelers Lächeln mutierte zum diebischen Schmunzeln. „Glauben Sie, was Sie wollen. Glauben ist nicht wissen." Er trank einen Schluck Chianti, verzog leicht sein Gesicht, stellte das Glas weg. „Ich rede hier auch nicht vom reinen Paradies. Es gibt ja auch Nachteile."

„Nämlich?"

„Wiederum die Ansprüche. Nicht die materiellen oder gesellschaftlichen, sondern die an uns Männer."

„Sexuelle Ansprüche?"

„Auch. Aber nicht nur. Unsere Frauen wollen nicht nur einen guten Sexualpartner, sondern auch einen Partner für die Alltagsbeziehung, also Familie, Haushalt, Finanzen und so. Und außerdem einen Partner für den intellektuellen Bereich. Für Kultur, gebildete Gespräche, Sie wissen schon."

Stahnke breitete die Arme aus. „Was wollen Sie? Das will doch jede Frau. Vielmehr, das will jeder Mensch. Einen Partner, mit dem es auf jedem dieser Gebiete funktioniert." Thomas Broweleit

musste so einer gewesen sein. Lebendig. „Was soll da bei Ihnen anders sein als bei uns?"
„Sie missverstehen mich." Michaeler tupfte sich die Lippen ab und warf die zerknüllte Serviette auf seinen leergegessenen Teller. „Die Einlösung all dieser Ansprüche von einem einzigen Partner zu erwarten, das mag bei Ihnen die Regel sein. Bei uns ist das die Ausnahme."
„Und was ist die Regel?"
„Nicht einen für alles, sondern für jedes einen."
„Also drei Männer für jede Frau?"
Michaeler nickte bedächtig. „So etwa."
Der alte Hit der Beach-Boys kam Stahnke in den Sinn: „Two Girls For Every Boy." Er stellte fest, dass der einst real existierende Sozialismus auch auf diesem Sektor die Quote gesteigert hatte.
Sie zahlten, erhoben sich und halfen sich gegenseitig in den Mantel. Gemeinsam gingen sie ein Stück durch die Magdeburger Innenstadt, Richtung Bahnhof, zu Stahnkes Hotel. Die Straßen waren weitläufig und fast menschenleer, die Gebäude groß und klotzig. Großklotzig. An einer Ecke drängten sich ein paar nacktköpfige Fußballfans aneinander; sie wirkten verloren, Wärme suchend. Nirgendwo war eine Frau zu sehen. Nur wenige Autos waren unterwegs. Jedes zweite schien ein Streifenwagen zu sein.
„Drei Männer für jede Frau", sagte Stahnke, als sie sich vor dem Hoteleingang verabschiedeten, „das heißt doch, eine normale Bevölkerungsstruktur vorausgesetzt, auch drei Frauen für jeden Mann. Ist es das, was Sie vorhin meinten mit ‚Verzahnung statt Konfrontation'?"
„Sie haben's erfasst", sagte Michaeler.
Ein Gespräch unter Machos, überlegte Stahnke. Trotzdem begann er die Vorteile eines solchen Verzahnungs-Modells zu erwägen. Vielleicht gab es ja auch für Katharina einen Platz darin. Für Broweleit hatte es offenbar keinen Platz darin gegeben. Sonst hätte er ja wohl noch gelebt. Er wollte alles sein für Peggy Weiß, Liebhaber, Geistespartner, Ernährer. Ein Traum eigentlich. Oder sah das nur ein Mann so? Ein Wessi-Mann? Thomas Broweleit hatte Peggy Weiß gedrängt. Bedrängt. Wollte vom Ein-Drittel-

Mann zum Drei-Drittel-Mann aufsteigen. Hatte ihr Zögern nicht verstanden. Und sie hatte ihn erschossen.
So gab es einen Sinn, nur so. Darum also hatte Michaeler, von Stahnke zunächst nur routinemäßig wegen des Namens in Broweleits Notizbuch angerufen, sofort losgelegt. Und er hatte Recht behalten. Peggy Weiß hatte die Tat schnell gestanden, kaum dass ihr laienhaft konstruiertes Alibi zusammengebrochen war. Nur über ihr Motiv hatte sie bisher nichts sagen wollen.
Nachdenklich betrachtete Stahnke sich in der Spiegeltür des Hotelfahrstuhls. Das mürrische Gesicht über dem plumpen Körper, den zerknitterten Mantel, die fleckigen Schuhe. Wie würde er wohl ins Verzahnungs-Modell passen?
Etwas hatte Peggy Weiß doch noch ausgesagt. Gerade schoss es Stahnke durch den Kopf: „Thomas sagte: Ich hol dich da raus. Du kannst hier leben wie eine von uns." Eine Liebeserklärung, vermutlich. Seine. Von ihr wiederholt im Ton tiefster Verachtung.
Stahnke beobachtete, wie sich die Augenbrauen seines Spiegelbildes erst aufeinander zu und dann nach oben bewegten, wobei sie die Stirnhaut in dicken Falten vor sich her schoben.
So passte es. So gab es einen Sinn. Hüben und drüben, verzahnt oder nicht - inkompatibel.
Trotzdem wurde er das Gefühl nicht los, von Michaeler grandios verarscht worden zu sein.

Lauf, Macho, Lauf

Liebe Katharina,

ich weiß, es ist unverzeihlich, dass ich mich so selten melde, aber ich bitte dich trotzdem um Entschuldigung. Danke für deine letzten Briefe und für deine Geduld mit mir. Es war eine richtige Entscheidung, nicht mehr zu telefonieren. Wer schreibt, denkt nach, ehe er etwas sagt - das hast du sehr gut ausgedrückt. Nur braucht es bei mir manchmal etwas Zeit mit dem Nachdenken. Aber das weißt du ja.

Was ich dir heute schreiben will, hat mich richtig aufgewühlt. Natürlich hat es mit meinem Job zu tun. Auch das kennst du, und du hast es mir oft vorgeworfen, dass ich immer die Arbeit im Kopf mit nach Hause bringe, mir immer über alles andere Gedanken mache statt über uns. Nun hängt aber doch alles mit allem zusammen in dieser Welt, und manches Verbrechen, von dem ich dir erzählt habe, barg in sich vielleicht auch den Ansatz zur Lösung unseres eigenen Konflikts. Manchmal ist es eben schwer, die Dinge direkt beim Namen zu nennen. Ich bin sicher, du hättest das verstehen können, wenn du nur gewollt hättest.

Den letzten Satz streiche ich weg. Also nimmt ihn bitte nicht zur Kenntnis.

Der Fall, der mich so mitgenommen hat und von dem ich dir erzählen möchte, hat sich zwischen Leer und Lauf abgespielt, Lauf in Bayern, und deshalb musste ich dort hin. Von Lauf habe ich nichts gesehen als den Bahnhof und ein paar Straßen, genau genommen kenne ich die Stadt überhaupt nicht, aber ich werde sie nie vergessen. Du wirst verstehen, warum.

Mein Verdächtiger sprang mich sofort an - verbal natürlich. „Da sind Sie ja endlich. Nun kommen Sie schon rein, worauf warten Sie noch. Wenn es schon sein muss, dann bringen wir es doch hinter uns." Ich hatte mich gewappnet. Nickte knapp, schaute durch mein Gegenüber hindurch, trat bedächtig über seine Schwelle und blieb ganz ruhig. Auf der langen Bahnfahrt von Leer nach Lauf hatte ich mich genügend in den Fall hineingearbeitet, um gewarnt zu sein. Hatte mir mein Bild gemacht

von Martin Müller, wohnhaft Sieglindenstraße 15 in 91207 Lauf an der Pegnitz. Dieses Bild schien mir passend, und so ließ ich mich durch die Fakten überhaupt nicht stören.
Ich folgte dem Hausherrn durch Flur und Wohnzimmer hindurch in eine Art Arbeitszimmer. Vollgestopfte Bücherregale in jedem einsehbaren Raum ließen an eine Privatbibliothek denken; zwischen den Regalen bedeckten Kunstdrucke, von ungewöhnlicher Begabung zeugende Kinderbilder und gerahmte Diplome alles, was an Wandfläche noch verfügbar war. Manche Häuser dünsten Reichtum aus, andere Geschmack, Geist oder auch nur das Bemühen um eckenfreie Normalität. Dieses Haus dampfte förmlich vor Bildung. So sehr, dass ich mir erst einmal die Krawatte lockern musste.
Müller deutete flüchtig auf einen lederbezogenen Stuhl vor dem ausladenden Schreibtisch, ließ sich selbst in den schwarzen Chefsessel zwischen Schreibplatte und Computer fallen, sprang aber sofort wieder auf, noch ehe ich richtig Platz genommen hatte. Ich habe inzwischen noch mehr zugenommen, weißt du, und irgendwie werden meine Bewegungen immer langsamer. Lange kann das nicht mehr so weitergehen. Aber ich kann mich einfach nicht dazu aufraffen, wieder ins Studio zu dackeln. Die Leute da - ach, egal.
„Eigentlich können Sie gleich wieder gehen", sprudelte Müller hervor. „Sie hätten überhaupt nicht herkommen sollen. Ganz von Ostfriesland hier herunter, was für ein Unsinn! Für nichts und wieder nichts! Aber das sagte ich ja schon." Erneut setzte er sich hin. Und sprang sofort wieder auf.
„Ganz recht", sagte ich, „das sagten Sie schon." Ich begann die Situation zu genießen. Natürlich hätte ich gar nicht erst dort hin zu fahren brauchen. Diesem Menschen war nichts nachzuweisen, da hatten die Laufer Kollegen vermutlich völlig recht. Auch wenn alles darauf hindeutete, dass die Briefbombe, die Karin Janssen beide Hände zerfetzt hat, von keinem anderen als von ihm stammte.
Ich habe mir den Schriftwechsel der beiden genau angeschaut. E-Mails überwiegend. Beleidigung, Erwiderung, Unterstellung, Gegendarstellung, erneute Beleidigung. Karin Janssen aus Leer

und Martin Müller aus Lauf gehören konkurrierenden Bildungs-Organisationen an. Zwei Regional-Vorständler, deren Wege sich eher zufällig gekreuzt haben. Kleiner Kompetenzstreit. Müller hatte sich bei dieser Gelegenheit in seine Kontrahentin verbissen wie ein Pitbull. Trotzdem war diese Eskalation nicht absehbar gewesen.
„Sind Sie denn wenigstens mit der Untersuchung des Mordversuchs an mir schon etwas weiter gekommen?" Müllers Ton war ebenso unbeherrscht wie herablassend. „Genügend Zeit hatten Sie ja wohl. Oder sollte vielleicht mal einer von unseren Beamten nach Ostfriesland kommen? Ist vielleicht sinnvoller als so herum."
Mir kam ein Spruch in den Sinn, den ich eigentlich auf den Bundeskanzler gemünzt habe: „Hier ist Prahlhans Küchenmeister." Auf Müller passt er mindestens genauso gut.
„Ich weiß nicht, was es da zu grinsen gibt", maulte Müller.
„Ich grinse nicht", sagte ich. Ohne mit dem Grinsen aufzuhören. Diese konkurrierenden Bildungs-Organisationen waren beide zur Förderung überdurchschnittlich veranlagter Kinder gegründet worden. In dem Streit zwischen Müller und Janssen aber kamen Kinder praktisch nicht vor. Was nicht an Karin Janssen lag, die ich übrigens kenne und schätze. Du kannst dir denken, wie nahe mir ihre schwere Verletzung gegangen ist. Martin Müller hatte die Auseinandersetzung mit immer neuen Anwürfen angefacht und damit die Themen vorgegeben. Dabei hatte er mehr als einmal bewiesen, dass er wusste, wie man Menschen verletzt.
Bei der Lektüre seiner Schreiben hat sich in meinem Kopf ein fest umrissenes Müller-Bild geformt. Ein kleines Würstchen mit wässrigen Augen, ein Gernegroß in dauernder Beweisnot, einer, der sich extra einen Wagen mit Automatik kauft, damit er seine Hand länger auf dem Schenkel seiner Beifahrerin liegen lassen kann. Diesen Typ hatte ich die ganze Zeit vor Augen. Auch jetzt noch. Mag dieser Müller doch aussehen, wie er will. Für Hauptkommissar Stahnke aus Ostfriesland ist und bleibt er das wässrige Würstchen.
Eine hochgewachsene Frau betrat das Arbeitszimmer, ging grußlos an mir vorbei, stolzierend wie eine Hähnin. „Brauchst du noch lange?", fragte sie.

„Bin gleich fertig", sagte Müller. Sein Augenwinkel-Blick entging mir nicht: „Siehst du, wie ich über dich verfüge? Ich bin der Herr des Verfahrens, ichichich!"
Sie nickte befriedigt, drehte sich so um, dass sie mir dabei den Hintern zuwandte, und ging hinaus. Femme égale. Aber so was verpflichtet natürlich.
Einmal, ein einziges Mal im Verlauf des Streits mit Karin Janssen hat Martin Müller doch über Kinder gesprochen. Vielmehr geschrieben. Das hat dann auch prompt das Fass zum Überlaufen gebracht. Müller hat Frau Janssen in großspurigster Manier Widersprüche nachzuweisen versucht - was ihm nur durch ausgiebige syntaktisch-semantische Vergewaltigung eines ihrer Schreiben gelungen war - und dann geschlossen: „Wenn ich das hier auf mich wirken lasse, dann würde ich mich nicht wundern, wenn Ihre Kinder Probleme in der Schule haben sollten. Sie benutzen Ihre geistigen Fähigkeiten, an denen ich übrigens größte Zweifel hege, ausschließlich zum Querulantentum. Ich befürchte beispielhafte Wirkung dieses Verhaltens auf Ihre Kinder, die dann, dies nachahmend, soziale Probleme bekommen."
Diese E-Mail kam Karin Janssens Ehemann Paul unter die Augen. Der hat - in eigenem Namen - geantwortet: „Meine Frau kann sich natürlich streiten, mit wem sie will - ich mache ihr da auch geschmacklich keinerlei Vorschriften. Wenn Sie aber dazu übergehen, das Ansehen meiner Kinder zu beschädigen, werde ich mich einschalten."
Das ist Müller mächtig in die Glieder gefahren. Er hat zwar noch eine motzige Antwort verfasst - „rolling on the floor with laughter" - ist dann aber schleunigst zur Polizei gelaufen. Die Laufer Kollegen haben mir diesen Auftritt ausgiebig geschildert: „Ich verlange Personenschutz! Diese Leute sind zu allem fähig!" Natürlich hat er keinen Personenschutz bekommen.
Zwei Tage später ist er dann überfahren worden.
„Wir haben die Alibis der Janssens überprüft", sagte ich.
Müller sagte nichts, schaute nur lauernd aus zusammengekniffenen Augen. Ich fuhr fort: „Beide Alibis sind lückenlos und absolut wasserdicht. Keiner der Janssens kann hinter dem Steuer des roten Audis gesessen haben, der sie gerammt hat."

Ein höhnisches Grinsen entblößte Müllers obere Schneidezähne. „War doch klar. Da oben stecken doch alle unter einer Dekke."

Mit so was hatte ich gerechnet, also wurde ich nicht wütend, sondern tat nur so. „Wollen Sie mir etwa vorwerfen, ich wäre in dieser Sache befangen?" Ich musste an Karin Janssen denken, die nie wieder ein Auto fahren wird. Das machte es mir leichter, richtig drohend zu gucken. Müllers rechter Zeigefinger schoss vor. „Das habe ich nicht behauptet. Hören Sie bitte genau hin, wenn ich etwas sage. Ich habe lediglich eine persönliche Meinung ausgedrückt. Und eine Meinung darf ich doch wohl haben, oder?" Seine Stimme wurde lauter und schriller. „Meiner Meinung nach bin ich das Opfer eines ganz gemeinen Attentats geworden. Um Haaresbreite wäre ich tot gewesen. Und darüber, wer die Täter sind, gibt es gar keinen Zweifel. Ob die betreffenden Personen selbst am Steuer gesessen haben oder nur die Auftraggeber waren, ist dabei völlig belanglos. Sie waren es. Weil sie mir intellektuell unterlegen waren, haben sie eben zu anderen Mitteln gegriffen."

„Woraufhin Sie sich dann berechtigt sahen, mit einer Briefbombe zu antworten", sagte ich.

Müller lehnte sich zurück. „Darauf antworte ich überhaupt nicht. Lassen Sie diesen plumpen Blödsinn."

„Auch ich darf eine Meinung haben", sagte ich. Müller glotzte mich an, den Mund weit offen.

„Jetzt aber zurück zu den Fakten", fuhr ich fort. „Meine Kollegen haben mir vorhin, gleich nach meiner Ankunft, einen Bericht der zuständigen Kollegen von der Verkehrspolizei gezeigt. Die haben da einen Crash-Piloten erwischt. Der hat gestanden, an dem fraglichen Abend einen roten Audi geklaut und damit einen Mountainbike-Fahrer umgefahren zu haben." Ich lehnte mich demonstrativ zurück und strich mir die Haare glatt. Was eigentlich gar nicht nötig war, denn ich trage sie jetzt wieder stoppelkurz. Ist ja mal wieder Mode, und so sieht man vor allem die vielen grauen Haare nicht zwischen meinen weißblonden. Dann fuhr ich fort: „Das Mountainbike soll unbeleuchtet gewesen sein, was die Sache versicherungstechnisch noch etwas interessanter macht. Aber das ist ja nicht mein Thema."

Dann erhob ich mich. „Für meine Kollegen und mich steht nunmehr fest, dass Ihre Attentats-Theorie erledigt ist. Also können wir uns ganz auf die Briefbombe konzentrieren. Ich denke, in dieser Angelegenheit werden wir noch voneinander hören." Reines Wunschdenken, das war mir klar. Aber ich habe nun einmal gerne Freude am Beruf. Und der Anblick von Müllers offenem Mund machte mir Freude. „Danke, ich finde alleine hinaus."

Mit offenem Mantel schlenderte ich die Straße entlang. Die Luft war lau, ein angenehmer Kontrast zum verregneten, kalten ostfriesischen Frühling. Ich hatte es nicht eilig, und so war ich noch keine hundert Meter weit gekommen, als Müllers Ruf mich erreichte.

„He, Sie!"

Ich drehte mich um. Martin Müller stand mitten auf der Straße vor seinem Haus, den Oberkörper leicht vorgebeugt, den rechten Zeigefinger vorgestreckt. Fast hätte ich im Reflex zur Walther gegriffen. Aber wir befanden uns ja im tiefen Süden, nicht im Wilden Westen. Und wenn, dann hätte ich Müllers Kugel längst im Rücken gehabt.

Offenbar wollte er mir noch etwas mit auf den Weg geben, von dem er sich eine ähnliche Wirkung wie von einer Kugel versprach. Aber dazu kam er nicht mehr.

Hinter Martin Müller heulte ein Automotor auf. Ich sah den Wagen, einen dunklen Kombi, vom oberen Ende der Straße her näher kommen, schnell größer und größer werden. Ich sah Müller herumwirbeln, den Finger auf das Auto richten, das unbeeindruckt weiter beschleuigte. Und ich sah das Nummernschild, sah die Buchstaben LER.

„Lauf", sagte ich. „Lauf."

Aber ich sagte es nicht besonders laut.

Heute habe ich Paul Janssen in der U-Haft besucht. Ein besonnener Mann, sehr gefasst. Er ist wohlhabend und hat sich einen guten Anwalt genommen. „Vielen Dank", sagte er, „aber ich wüsste nicht, wie Sie mir helfen könnten."

Aber genau das möchte ich doch so gern. Obwohl sich der Anblick von Martin Müller, wie er mit zappelnden Gliedmaßen durch die Luft fliegt und auf den Bordstein klatscht, in meinem Kopf wieder und wieder abspult wie eine endlose Filmschleife.
Aber irgendwie kann ich das nicht als Horror empfinden. Und was mich am meisten irritiert: Ein bisschen beneide ich Paul Janssen sogar.
Weißt du was, liebe Katharina? Vielleicht rufst du mich ja doch mal an. Und sei es auch nur, um festzustellen, ob ich immer noch derselbe Mann bin, den du verlassen hast.
Es grüßt dich herzlich
dein Stahnke

Ein Mordsschiff

Ein Mordsschiff läuft vom Stapel ...

Anlässlich der 1. Ostfriesischen Krimitage vom 4. bis 7. November 1999 im Kulturspeicher Leer schrieb die Ostfriesen-Zeitung für ihre Leser einen Krimi-Preis aus. Die Aufgabe war, das von Peter Gerdes verfasste Fragment eines Kurz-Krimis zu einem „logischen und spannenden Ende" zu bringen. 66 vervollständigte Stories wurden eingesandt - eine überraschend große Resonanz. Die Jury, bestehend aus Antje Hamer-Hümmling, Leiterin der Stadtbibliothek Leer, OZ-Chefredakteur Bernhard Fokken und Peter Gerdes, vergab die ausgesetzten Preise an Anneliese Ohlenburg, Manfred Decker und Holger Fischer; außerdem erhielt Julia Lambrecht einen Sonderpreis für die beste Geschichte einer Jugendlichen.
Ein Fall, vier Lösungen. Die fünfte liefert Peter Gerdes selbst. Fünffache Spannung - Kurs Mordwest.

Der Fall

Sie kommen gleich."
Tjark Voskamp drückte den roten Unterbrecher-Knopf, steckte das Handy in die ausgebeulte Tasche seiner schmutzig-blauen Arbeitshose und schaute in die Runde. Vom Niedergang mit den messingverbrämten Stufen zur Sitzecke aus poliertem Mahagoni, von den goldglänzenden Bulleyes zur chromblitzenden Pantry, vom Kajütschott zur Klotür. Von Hermine Voskamp zu Johanne Rolfes. Und dann, den Blicken der beiden Frauen folgend, zu Boden. Zu Ludwig Rolfes, der dort lag wie ein schlafender Säugling, seitlich zusammengekrümmt. Stabile Seitenlage, erinnerte sich Voskamp. So würde er vorerst wohl auch liegen bleiben, so lange jedenfalls, bis die Polizei eintraf. Dafür sorgte das Takelmesser, dessen Griff aus Ludwig Rolfes' Rücken ragte.
„Gut", sagte Johanne Rolfes. Ein paar Strähnen ihres langen braunen Haares, das sie sich nachlässig im Nacken zusammengebändselt hatte, hingen ihr über Stirn und Wangen. Weitere Zeichen beginnender Auflösung waren nicht zu entdecken. Johanne Rolfes weinte nicht, und ihr strenger Gesichtsausdruck ließ den Gedanken an Tränen gar nicht erst aufkommen.
„Wessen Messer ist das?", fragte sie.
Hermine Voskamp zuckte die Achseln. Wie Johanne Rolfes war auch sie mittelgroß, schlank und Ende dreißig, wie sie trug sie das lange Haar zu einem Pferdeschwanz gebunden. Ihr Haar war allerdings rotblond, und über ihre hellhäutigen, sommersprossigen Wangen rollten Tränen. „Weiß nicht", sagte sie, schniefte laut und tastete nach dem Werkzeuggürtel, den sie um ihre Taille trug. Zwischen Zangenschlaufen und Schraubentaschen ragte da ein blanker Holzgriff hervor. „Meins jedenfalls nicht", sagte Hermine Voskamp.
Die anderen beiden taten es ihr nach. Ein bisschen sahen sie aus wie kostümiert in ihren einheitlich blauen, abgetragenen und verschmutzten Overalls, den dunkelweißen Turnschuhen und den Leinengürteln mit den vielen Taschen und Anhängseln. Damals,

vor vier Jahren, als sie den Kauf der alten Tjalk feierten, da hatten sie das noch witzig gefunden. Seither hatten sie ihre Arbeits-Uniformen schon unzählige Male verflucht.
Stumm wies Johanne Rolfes ihr Takelmesser vor, und Tjark Voskamp tat es ihr gleich. „War denn irgendwer an Bord heute Abend? Außer uns?", fragte er.
Johanne schüttelte den Kopf. „Ich war die ganze Zeit oben. Hab' an der Kajüte zwischen den Bulleyes geschmirgelt. Wenn einer an Bord gekommen wäre, hätte ich ihn auf jeden Fall gesehen."
Sie beugte sich vor, so weit, dass ihre baumelnden Haarsträhnen fast die Schulter des Toten berührten. Prüfend und scheinbar unbeteiligt ruhte ihr Blick auf der tödlichen Wunde und dem Messer, der Mordwaffe darin. Da war etwas Grün, ein paar Tupfer zwischen dem Braun des Holzes, dem Blau des Overalls und all dem Rot. Grüne Farbspritzer auf dem Griff. Johanne Rolfes richtete sich auf. „Das ist sein eigenes Messer", verkündete sie.
„Was guckst du mich dabei so an", sagte Hermine.
„Ich gucke dich überhaupt nicht an", sagte Johanne.
„Tust du doch", sagte Hermine.
„Ja, jetzt", sagte Johanne.

„Hermine-Johanne" hatten sie das Schiff getauft, damals vor vier Jahren. Damals waren sie die besten Freunde gewesen. Nachbarn, Kollegen, Kumpel. Eine richtige Mannschaft.
Das Schiff aber hatte alles geändert. Alle hatten sie davon geschwärmt, was für „eine Lebensaufgabe" solch ein Schiff doch sei. Nur hatten sie nicht gewusst, wie recht sie damit hatten.
Ludwig Rolfes hatte als erster angefangen, sich zu drücken. Vor der Arbeit vor allem, aber auch vor den Kosten. Zwar lag das Schiff hier im Leeraner Museumshafen vor der alten „Waage" günstig und sicher. Um es aber zu dem zu machen, was die vier sich erträumten, waren Unsummen nötig. Die waren in ihrem Traum nicht vorgekommen. Und wenn nicht alle mit anpackten, wurde es noch teurer.
Tjark Voskamp hatte Ludwig zur Rede gestellt. Entschuldigungen erst, dann Ausflüchte, schließlich Streit und Anschuldigungen: „Du führst dich auf wie ein Sklaventreiber! Nicht mit mir."

Hermine hatte Ludwigs Partei ergriffen, und wenn der die Brokken wieder einmal hingeschmissen hatte, war wenig später meist auch Hermine verschwunden gewesen. Es dauerte eine Weile, bis Tjark begriff.
Genau genommen war das erst wenige Stunden her.

„Die ganze Zeit guckst du mich schon so an", beharrte Hermine. Sie konnte so trotzig sein.
Johanne strich sich die Haare zurück. Ihr schmales, etwas herbes, aber sehr ausdrucksvolles Gesicht zeigte einen überlegenen Ausdruck. „Halt mich nicht für blöd", sagte sie. „Ich weiß Bescheid."
„Was weißt du?", fragte Hermine. Ihre Stimme zitterte.
„Von euch", sagte Johanne. „Dass ihr rumgemacht habt, die ganze Zeit. Halt mich doch nicht für blind." Bei diesen Worten schaute sie Tjark deutlich herablassend an. „Ich hab's mir lange genug angesehen. Aber gestern habe ich Ludwig die Pistole auf die Brust gesetzt. Entweder er hört auf mit dem Mist, oder es ist aus mit uns."
„Pistole?", stammelte Tjark. Damit hatte er nicht gerechnet. „Brust?"
Johanne winkte ab. „Redensarten. Jedenfalls hat Ludwig gleich gewusst, dass ich keinen Spaß mache. Inzwischen wird er es dir ja gesagt haben."
„Was?", fragte Hermine.
„Dass er Schluss macht mit dir", sagte Johanne.
„Gar nicht wahr", schrie Hermine.
„Und ob", sagte Johanne. „Ganz bestimmt hat er, ich kenne ihn doch. Kannte ihn vielmehr. Klar, dass dir das nicht gepasst hat." Jetzt lächelte sie tatsächlich: „Armer Ludwig."
„Du lügst", sagte Hermine, jetzt auch tränenlos und gefährlich ruhig. „Ganz im Gegenteil. Er wollte bei mir bleiben, jetzt erst recht. Klare Verhältnisse schaffen. Schluss mit diesem Schiff und ... und ..."
„Und mit mir?", fragte Tjark.
„Heute Abend hatte ich mit dir reden wollen", sagte Hermine, den Blick wieder gesenkt.

„Nicht mehr nötig", sagte Tjark.
„Was heißt das nun wieder?", fragte Johanne.
Draußen auf dem Kai klappten Autotüren. „Das wird die Polizei sein", sagte Tjark. Alle drei wandten sich der Kajüttür zu.

Lösung 1: Anneliese Ohlenburg

Alle drei wandten sich der Kajüttür zu.

„Aus, aus, aus!" Regisseur Stelter riss sein Baseball-Cap vom kahlrasierten Schädel und warf es auf den Boden. „Die Polizei ist im Anmarsch. Einer von euch ist ein Mörder, die anderen beiden wissen nicht, was sie von der Sache halten sollen. Und ihr dreht euch zur Tür, als würdet ihr Tante Finchen zum Kaffee erwarten. Dilettanten, Nichtskönner!"

Worauf hatte er sich nur eingelassen? Ein Starregisseur aus Berlin, der schon mit den besten Schauspielern gearbeitet hatte. Nun stand er hier in Leer (einem Ort, den er vor wenigen Wochen noch nicht einmal auf der Landkarte gefunden hatte), im tiefsten Ostfriesland, mit Trampeltieren auf einem Schiff. Einen Krimi sollte er drehen. Einen Krimi, vom Bestsellerautoren Peter Gerdes geschrieben. Und nur, weil dieser Gerdes aus diesem verdammten Leer kam, heimatverbunden war, seine Krimis ewig in Ostfriesland spielten, war Stelter gezwungen zu drehen.

Dazu der Spleen von Gerdes, keine Profis spielen zu lassen, sondern die Darsteller über die Ostfriesenzeitung zu suchen. Laien, eben Dilettanten.

Ludwig Rolfes, dargestellt von einem Landwirt, der bislang sicher nur seinen Kühen Geschichten erzählt hatte.

Johanne Rolfes, im bürgerlichen Leben Kindergärtnerin.

Und dann noch dieser Bäcker. Statt Brötchen zu backen, glaubte er, den Tjark Voskamp, einen richtigen Mann, spielen zu können.

Hermine Voskamp, die einzige, die Schauspielerfahrung hatte - beim Bauerntheater in Leer spielte sie trotz ihres fortgeschrittenen Alters immer noch die jugendliche Liebhaberin. Ach ja: Anja Heeren hieß sie.

Stelter hätte sich nie und nimmer auf diese Geschichte einlassen sollen. Aber nachdem das Buch „Ein Mordsschiff" so durchschlagenden Erfolg gehabt hatte (innerhalb kürzester Zeit hatte es auf der Bestsellerliste gestanden) und Stelter schon einmal einen Krimi von Gerdes mit vollem Erfolg verfilmt hatte - nun, ihn hatte ganz einfach die Aussicht auf das große Geld gelockt.

Anfangs war er ja auch noch ganz begeistert von Gerdes' Idee gewesen, für die Story Laiendarsteller zu suchen.
Aber mittlerweile - nicht einmal die einfachsten Dinge begriffen sie.
Wütend verließ der Regisseur das Schiff. Erst einmal in Ruhe einen Kaffee trinken, eine seiner geliebten Havannas rauchen. Dann würde er weitersehen.
Johann Jansen, der den Ermordeten spielte, erhob sich ächzend. „Kann man dem Idioten denn nichts recht machen? Was bildet der sich denn ein? Nur weil er mal mit dem George gedreht hat, braucht er uns doch nicht so fertig zu machen. Mann, der wusste doch, auf was er sich einlässt!"
„Hast ja recht", brummelte Gerd Hinrichs. „Wenn ich gewusst hätte, worauf ich mich da einlasse - nee. Und dafür lass' ich meine Frau mit der ganzen Arbeit allein. Hab' doch gedacht, ist mal interessant, in so 'nem Film mitzumachen. Noch dazu, wenn das Buch vom Gerdes geschrieben wurde. Aber so ein Luftkotelett von Regisseur. Nee, wenn ich das gewusst hätte..."
Anja Heeren sah nachdenklich auf die Kindergärtnerin Sarah Fischer.
„Hey, was ist los? Du sagst ja gar nichts. Stört dich dieser aufgeblasene Stelter denn nicht? Oder - Mann, ihr habt was miteinander. Gib's zu!"
Sarah sah verlegen auf ihre Finger. Aber dann hob sie mit einem Ruck ihren Kopf.
„Und wenn schon? Was dagegen? Ja - wenn ihr es wissen wollt. Ja, wir haben was miteinander. Stelter nimmt mich mit nach Berlin, wenn hier alles fertig ist. Endlich raus aus diesem Kleinstadtmief. Er will mich ganz groß rausbringen. Eine Rolle in seinem nächsten Film. Mit richtigen Schauspielern, nicht mit solchen, solchen..." Ihr fehlten die Worte.
„Und was sagt dein Mann dazu?" Gerd Hinrichs konnte sich die Frage nicht verkneifen. Bevor Sarah antworten konnte, kam Stelter zurück.
„Für heute ist Schluss. Ich muss erst mal mit dem Gerdes reden. Unter den gegebenen Umständen drehe ich nicht weiter. Nein, da komm' ich ja mit einem Magengeschwür zurück nach Berlin."

„Und unsere Gagen?"
„Natürlich werdet ihr nicht noch für Stümperei bezahlt. Bucht es unter Lebenserfahrung oder sonst was. Mir doch egal."
„Und ich?" Sarah sah Stelter an.
„Du? Bist genauso blöde wie die anderen. Nee, Leute. Feierabend. Auf Nimmerwiedersehen."
Die Vier sahen sich an. Sarah brach in Tränen aus. Jeder konnte die Gedanken der anderen lesen: „Das wird er büßen."
Am nächsten Morgen wollte sich Peter Gerdes nach dem Fortgang der Dreharbeiten erkundigen. Er betrat das Schiff, ging unter Deck. Er schaute von der Sitzecke zu den Bulleyes, vom Kajütschott zur Klotür. Dann auf den Boden. Dort lag wie ein schlafender Säugling seitlich zusammengekrümmt Regisseur Stelter. Aus seinem Rücken ragte ein Takelmesser.
Draußen auf dem Kai klappten Autotüren. Das wird die Polizei sein, dachte Gerdes.

Lösung 2: Manfred Decker

Der Kommissar war der erste, der die Kajüte betrat. Der erste Eindruck war für ihn stets der wichtigste, und deshalb wollte er den Tatort so sehen, wie der - oder vielleicht auch die - Mörder ihn verlassen hatten. Er sah sich um und sein Blick fiel kurz auf die in einem Steuerrad untergebrachte Uhr. Fast 19 Uhr. Den Pokerabend würden seine Freunde auch diesmal wieder ohne ihn verbringen müssen. Warum wurde eigentlich nie jemand morgens um neun umgebracht? Und dass es ein Mord war, sah sein geschultes Auge sofort. Welcher Selbstmörder rammte sich auch schon ein Messer in den Rücken?
„Moin. Mein Name ist Bond. Jochen Bond." Er liebte diesen Moment, die überraschten Gesichter, die er seinem berühmten Namensvetter zu verdanken hatte.
„Ich bin Kommissar hier in Leer. Wer bitte sind Sie?"
Tjark war der erste, der seine Sprache wieder fand:
„Ich bin Tjark Voskamp und habe Sie angerufen. Ich bin der Eigentümer des Schiffes."
„Miteigentümer meinst du wohl!" Hermine blitzte ihren Mann aus funkelnden Augen an. „Noch hast du uns nicht alle beseitigt!"
Tjark rang nach Luft.
„Du Flittchen du..."
„Halt!", rief Bond. „Bitte einer nach dem anderen." Mit einem Blick auf Hermine fuhr er fort:
„Sie sind...?"
„Hermine Voskamp."
„Und ich bin Johanne Rolfes. Das ist - ich meine das war mein Mann", sagte Johanne unaufgefordert mit einem kühlen Blick auf den Toten.
In den folgenden Stunden wurde es eng in der kleinen Kajüte. Beamte der Spurensicherung nahmen ihre Arbeit auf. Andere Polizisten nahmen die Aussagen von Tjark, Hermine und Johanne auf. Der Tote wurde ins Kreiskrankenhaus zur pathologischen Untersuchung gebracht und der Tatort versiegelt.

„James muss niemals Protokolle lesen", dachte Jochen Bond, als er am nächsten Morgen über den Aussagen saß, die seine Kollegen am Abend zuvor an Bord der Hermine-Johanne notiert hatten. Dennoch gehörte dies zu den wichtigsten und grundlegendsten Arbeiten einer Ermittlung überhaupt. Bereits beim ersten Lesen fiel ihm etwas auf, er wusste nur nicht, was es war. Er brauchte weitere vier Stunden, zwölf Tassen Tee und den Bericht der Spurensicherung, dann hatte er den Täter.

Pünktlich um 15 Uhr fanden sich alle wieder an Bord ein. Der angetrocknete Blutfleck wurde von weißen Kreidestrichen umrahmt; wenngleich auch die Leiche fehlte, konnte doch jeder Ludwig Rolfes am Boden liegen sehen.

„Ich möchte mit Ihnen gerne Ihre Aussagen von gestern Abend durchgehen", begann Bond, als er die Kajüttür hinter sich geschlossen hatte.

„Sie, Frau Rolfes, gaben an, in der Tatzeit - laut Pathologie trat der Tod zwischen 17 und 18.30 Uhr ein - zwischen den Bulleyes geschmirgelt zu haben. Sie, Herr Voskamp, führten Wartungsarbeiten am Generator durch. Und Sie, Frau Voskamp, waren am Bug mit dem Streichen der Decksplanken beschäftigt. Sie waren alle die ganze Zeit an Bord bis auf Frau Voskamp. Sie sagten aus, Sie gingen zwischen 17.40 und 18 Uhr von Bord, um noch einen Brief in die Post zu geben, und waren etwa gegen 18.15 Uhr wieder hier. Stimmt soweit alles?"

Alle drei Angesprochenen nickten nur stumm, und Bond fuhr fort: „Der Mörder konnte jedoch nur durch diesen Eingang am Vorschiff hierher gelangen. Das heißt also: Sie, Frau Voskamp, hätten ihn sehen müssen oder..."

„Oder sie war's selber", vollendete Hermine den Satz. „Ich hab's gleich gewusst! Ludwig hätte mich nie verlassen, und das wusstest du genau. Du warst es! Gib es zu: Du hast ihn umgebracht!"

Auch wenn er etwas ganz Anderes hatte sagen wollen, so nahm das Verhör eine ganz interessante Wendung. Bond sah Hermine an. Sie war kreideweiß geworden und sackte in sich zusammen. „Ja. Ja, ich habe Ludwig geliebt. Wir wollten euch alles sagen.

Aber, Herr Kommissar, ich habe ihn nicht umgebracht, das müssen Sie mir glauben!"
„Ich weiß", sagte Bond, und nicht nur Hermine war überrascht.
„Herr Voskamp, woher stammen die Kratzwunden an Ihrem Hals?", fuhr er fort.
„Die hab' ich mir an einer Leitung im Generatorenraum zugezogen", erwiderte Tjark nach einem von den anderen fast nicht bemerkten Zögern. Doch für Jochen Bond sagte dieses Zögern alles.
„Falsch!", fuhr ihn der Kommissar derart an, dass Voskamp zusammenzuckte.
„Bei einem Streit mit Ludwig Rolfes zogen Sie sich die Verletzungen zu! Wir fanden Hautreste unter seinen Fingernägeln. Ich wette, die Laboruntersuchung wird bestätigen, dass..."
„Okay, okay, ich hatte Streit mit Ludwig. Er wollte alles hinschmeißen, uns mit dem verdammten Kahn sitzen lassen. Er wurde handgreiflich und verletzte mich am Hals.
Aber dass ich ihn umbrachte, können Sie mir nicht anhängen. Sie war's! Sie hat zugestochen!"
Beinahe hysterisch zeigte Tjark an dem Kommissar vorbei, zeigte auf Johanne Rolfes.
„Blödsinn", erwiderte Johanne. „Warum sollte ich meinen eigenen Mann umbringen?"
„Aus Eifersucht, einem der ältesten Tatmotive überhaupt", entgegnete Bond.
„Sie wussten vom Verhältnis Ihres Mannes mit Hermine Voskamp. Sie wussten auch, dass er vorhatte, sich scheiden zu lassen. Und Sie wussten auch, dass Sie aufgrund Ihres Ehevertrages bald mit leeren Händen dastehen würden."
„Lächerlich", entgegnete Johanne trotz der starken Anschuldigung überraschend ruhig. „Das müssen Sie mir erst einmal beweisen."
„Das hab' ich schon!" Bonds Worte erzeugten eine Stille, die unheimlich wirkte nach dem Tumult der vorausgegangenen Minuten.
„Hier ist der Bericht der Gerichtsmedizin!" Bond wedelte mit einem Blatt Papier in seiner Hand.
„Fingerabdrücke wurden leider nicht gefunden. Aber etwas viel

Besseres: An der Tatwaffe und in der Wunde befanden sich Haare. Braune Haare, Frau Rolfes, wie die Ihren. Und die, da bin ich mir sicher, sehen nicht nur aus wie Ihre, ein Gentest wird beweisen, dass es Ihre sind!“

„Kompliment, Herr Bond, gute Arbeit“, sagte Polizeichef Janßen am nächsten Morgen. „Das Labor hat bestätigt, dass das Haar in der Wunde von Johanne Rolfes stammt. Sie hat mittlerweile gestanden, ihren Mann von hinten erstochen zu haben, als der mit Tjark Voskamp eine Schlägerei in der Kajüte hatte. Genau zu der Zeit, als Hermine Voskamp zur Post war. Aber woher wussten Sie vom Verhältnis zwischen Ludwig und Hermine, vom Ehevertrag und von der Scheidung?“

„Als ich am Mordabend die Kajüte betrat, war Hermine die einzige, die wirklich betroffen wirkte“, klärte Bond seinen Chef auf. „Und was den Rest angeht, so sollten Sie öfter mal ‘ne Runde Poker spielen, Chef!. Dann wüssten Sie: Bluffen gehört zu jedem Spiel!“

Lösung 3: Holger Fischer

Es klingelte.

Hermine Voskamp öffnete die Tür. Draußen stand Johanne Rolfes. Sie hatte sich verändert. Sie trug die Haare jetzt kurz. Sie wirkte jugendlicher, dynamischer als damals. Ungeduldig schüttelte sie ihren Kopf. Ein paar Schneeflocken wirbelten durch die Luft.

„Na, willst du mich nicht reinlassen?", fragte sie mit einem spöttischen Lächeln.

„Entschuldige bitte, natürlich! Komm rein, der Tee ist schon fertig!", antwortete Hermine.

„Wie geht es eigentlich Tjark?", fragte Johanne beiläufig. Sie hatte es sich in dem großen, alten Sofa gemütlich gemacht und nahm genüsslich einen Schluck von dem süßen, schwarzen Tee. Hermines neue Wohnung gefiel ihr ausgesprochen gut. Eigentlich hatte sie ihr einen so guten Geschmack nicht zugetraut.

„Den Umständen entsprechend", rief Hermine ihr aus der Küche zu. Sie betrat den Raum mit einem Teller Neujahrswaffeln. Sie stellte den Teller auf dem Tisch ab und setzte sich Johanne gegenüber in den Sessel.

„Fünfzehn Jahre sind kein Pappenstiel, wie du dir vorstellen kannst", sagte sie leichthin.

Sie stutzte und schien über etwas nachzudenken. „Wenn er wieder rauskommt, ist er ein alter Mann."

Sie bot Johanne eine Waffel an und nahm sich selbst eine. „Ich fahre einmal die Woche nach Lingen, um ihn zu besuchen."

„Das verdammte Schiff hat nichts als Unglück gebracht", murmelte Johanne. Sie betrachtete die Bilder an der Wand.

Farbenfrohe, expressionistische Gebirgslandschaften.

„Wie ich sehe, hast du dich der Bergwelt zugewandt", sagte sie ironisch.

„Weißt du, Johanne, ich bin froh, dass du meiner Einladung gefolgt bist", entgegnete Hermine gelassen. Sie rührte mit ihrem Löffel geräuschvoll in der Tasse. „Ich wollte mich schon lange einmal mit dir aussprechen."

„Aber worüber? Es ist doch schon alles gesagt worden. Die Polizei, der Prozess, die Zeitungen... Es ist an der Zeit, das alles zu vergessen. Vorbei ist vorbei!“

Johanne ließ sich weit ins Sofa zurückfallen, als wollte sie sagen: Lass mich damit zufrieden!

„Nein, Johanne, es ist nicht vorbei. Für mich nicht. Ich muss dir was sagen. Unbedingt.“

Johanne beugte sich vor, die Augen nun wachsam auf Hermine gerichtet.

„Ich habe gelogen...damals.“ Hermines Worte, leise und bedächtig gesprochen, fingen an zu schwingen, schwollen an in der Stille, bis sie den ganzen Raum füllten.

„Ludwig wollte bei dir bleiben. Er hat nur mit mir gespielt.“ Sie lächelte bitter. „Er sagte: ‚Johanne will, dass ich mich entscheide. Ich habe mich entschieden. Ich bleibe bei ihr. Und du gehst zurück zu Tjark.‘ Einfach so. Damit war die Sache für ihn erledigt.“

Johanne stand auf und angelte sich ein Zigarettenpäckchen aus ihrer Handtasche.

„Na und?“, sagte sie und steckte sich eine Zigarette an. Sie inhalierte tief. „Er war halt ein Schwein. Aber an den Tatsachen ändert das rein gar nichts.“

Sie suchte einen Aschenbecher, fand aber keinen. Sie setzte sich wieder ins Sofa und schnippte die Asche auf den Unterteller ihrer Teetasse.

„Es ändert alles. Das weißt du genau.“ Hermines Worte waren kaum hörbar. Sie starrte Johanne mit leerem Blick an.

„Das Messer... die Mordwaffe, es war nicht Ludwigs Messer. Du hast es doch sofort gemerkt.“

Johanne zuckte mit den Schultern.

„Es war deins, ich weiß.“ Sie verzog keine Miene.

Hermine starrte sie an „Und warum hast du nie etwas gesagt?“

Johanne stellte ihre Teetasse beiseite und drückte die Zigarette in der Untertasse aus.

„Du hast Ludwig getötet. Ich habe es von Anfang an gewusst“, sagte sie mit tonloser Stimme. Sie fuhr sich nervös mit den Fingern durch die Haare.

„Ich weiß auch nicht... ich war irgendwie erleichtert, als Ludwig tot war. Es war schon lange aus zwischen uns. Ich wollte ihn gar nicht zurück. Ich war nur eifersüchtig auf dich."
„Aber...", setzte Hermine an.
„Das mit dem Messer...ich wollte da nicht mit reingezogen werden. Das sollte gefälligst die Polizei klären." Johanne lachte lautlos. „Ludwig war ein egoistisches Schwein. Ich bin froh, dass *du* es getan hast!"
Eine bleierne Stille legte sich über den Raum. In der Ferne krächzte eine Krähe. Es klang blechern und unwirklich. Regungslos saßen sich die beiden Frauen gegenüber. Irgendwo draußen klappten Autotüren, ein Motor wurde gestartet.
Nach einer Weile nahm Hermine das Gespräch wieder auf.
„Dass du nie etwas gesagt hast...das verstehe ich nicht." Sie lachte fast hysterisch.
„Weißt du, was ich nicht verstehe, meine liebe Hermine?" Johanne machte eine Pause und zündete sich eine neue Zigarette an. „Was ich nicht verstehe, ist: Warum hat Tjark die Tat auf sich genommen und den Mord gestanden?"
Hermine lächelte abwesend. Dann richtete sie sich abrupt auf, holte eine frische Untertasse für Johanne und goss für beide Tee nach. Sie nahm eine Waffel und biss behutsam hinein.
„Tjark liebt mich. Trotz allem. Er ist mein Mann. Armer Dummkopf..."

Lösung 4: Julia Lambrecht

Vierzehn Tage waren seit Ludwigs gewaltsamem Tod vergangen. Die Beerdigung hatte an einem regnerischen, grauen Tag stattgefunden. Unablässig perlte der Nieselregen vom Himmel, und alle Trauergäste hatten es eilig, wieder nach Hause in die warme Stube zu kommen. Selbst der Pastor wollte sich nicht länger als nötig aufhalten. Nur noch Johanne stand alleine am offenen Grab. Immer noch hielt sie den Strauß roter Rosen in der Hand und starrte hinab in die Grube. Da lag er nun, kalt und steif, und selbst in diesem Moment konnte sie keine richtige Trauer empfinden. So hatte es nicht enden sollen, das hatte sie nicht gewollt. Jetzt kamen ihr doch die Tränen, leise kullerten sie die Wangen hinunter und vermischten sich mit dem Regen. Schnell warf sie die Blumen hinab und drehte sich um. Da stand Hermine. „Lass uns nach Hause gehen, Johanne. Du wirst dich noch erkälten."
„Du Hure", zischte Johanne, „konntest du nicht die Finger von ihm lassen? Deinetwegen ist doch erst alles so gekommen. Der arme Tjark. Wie lange hättest du ihm denn noch Hörner aufsetzen wollen? Alles, alles ist überhaupt nur deine Schuld!"
Abrupt drehte sie sich um und ging davon. Hermine schüttelte den Kopf. Sie hatte ihn doch geliebt, den Ludwig. Und den Tjark natürlich auch. Wegen Tjark hatte sie natürlich immer ein schlechtes Gewissen gehabt, und jeden Tag hatte sie sich geschworen, es ihm heute endlich zu sagen. Ja, sie wollte fort mit Ludwig, fort von diesem Schiff, fort aus ihrem jetzigen Leben. Ludwig hatte genauso empfunden, das wusste sie. Er wollte fort von Johanne, die ständig nur an ihm herumnörgelte und ihn bedrängte, doch endlich das große Grundstück zu verkaufen, das er im letzten Jahr von seinen verstorbenen Eltern geerbt hatte. Aber Ludwig hatte das Grundstück nicht verkaufen wollen, jetzt noch nicht. In absehbarer Zeit sollten dort kleine Einfamilienhäuser gebaut werden, und so lange hatte er warten wollen, denn das bedeutete, dass das Grundstück im Wert noch steigen würde. Johanne wollte das Grundstück sofort verkaufen, sie wollte nicht warten.

Sie wollte das Geld jetzt haben. Sie wollte sich was leisten, und vor allen Dingen wollte sie das Schiff endlich so herrichten, wie es ihr vorschwebte. Hermine seufzte tief, niemals hatte sie Schuld an Ludwigs Tod, das war einfach nicht wahr, was Johanne gesagt hatte. Der Nieselregen hatte sie schon völlig durchnässt, und sie fror in ihren dünnen Schuhen. Sie wollte nur noch nach Hause, sich unter der Decke verkriechen, um sich ihrer Trauer hingeben zu können. Keinen Menschen wollte sie mehr sehen, am allerwenigsten Johanne.

Traurig und leer war die Wohnung, Tjark war nicht mehr da. Er hatte seine Sachen gepackt, gleich nachdem sie von der Vernehmung gekommen waren. „Ich kann mit dir nicht mehr unter einem Dach leben. Betrogen hast du mich mit Ludwig, und wer weiß, vielleicht hast du ihn ja sogar umgebracht." Das waren seine Worte gewesen. Nur einen kleinen Handkoffer hatte er mitgenommen, erst mal in ein Hotel und dann mal sehen. Einsam war sie, alle hatten sie verlassen. Ludwig, nun auch noch Tjark und selbst Johanne, mit der sie doch nun schon so lange befreundet war. Das Schiff lag verlassen im Leeraner Hafen, es hatte ihnen kein Glück gebracht. Es war im wahrsten Sinne des Wortes ein Mordsschiff.

Es ging auf Weihnachten zu, als Hermine beschloss, Johanne zu besuchen. Sie wollte sich endlich mit ihr aussprechen, sie wollte ihr sagen, dass sie keine Schuld an Ludwigs Tod traf, sie hatte ihm niemals etwas Schlechtes gewollt, und sie hatte ihn ganz bestimmt nicht getötet.

Johanne war einverstanden, und so kam es, dass sie sich in Johannes neuer Wohnung trafen. „Lass uns einen Glühwein trinken, wie wir es immer auf dem Schiff getan haben", sagte sie zu Hermine.

„Schön hast du es aber hier", sagte Hermine und schaute sich um. Die Neubauwohnung, die Johanne nach Ludwigs Tod bezogen hatte, war komplett mit neuen Möbeln eingerichtet. „Hast du so viel aus Ludwigs Versicherung bekommen, oder woher konntest du dir das alles sonst leisten?"

„Setz dich erst einmal, Hermine, ich mache uns einen schönen Glühwein, und ich habe auch Plätzchen gebacken, die du so gerne isst."

Johanne verschwand in der Küche, und Hermine hatte nun Zeit, sich genauer umzusehen. Nichts erinnerte mehr an die Zeit mit Ludwig, alles hatte sie fortgeschafft. Sie hatte ihn ausgelöscht, einfach aus ihrem Leben entfernt, so, als ob er nie existiert hätte. Das Witwenschwarz hatte sie längst abgelegt, sich neu eingekleidet, sich die Haare schneiden lassen und schien überhaupt ein völlig neuer Mensch zu sein. Mit zwei Gläsern Glühwein und einem Teller Kekse kam sie aus der Küche. „Heute war der Kommissar bei mir, der Fall ist vorläufig zu den Akten gelegt, den Täter haben sie bislang noch nicht gefasst."
„Das tut mir leid, Johanne. Ich hoffe, dass sie ihn finden werden. Demjenigen gehört wirklich das Handwerk gelegt. Findest du nicht auch?"
„Ja, ja", entgegnete Johanne etwas zurückhaltend. „Möchtest du auch noch einen Glühwein?" , fragte sie.
„Nein danke, aber ich hätte gerne noch ein paar Kekse."
Johanne ging in die Küche, und wieder machte sich Hermine Gedanken darüber, wie Johanne die Wohnung hatte bezahlen können. „Was willst du jetzt tun?", fragte sie, als Johanne zurückkehrte. Etwas gelangweilt zuckte die Freundin mit den Schultern. „Ich weiß es noch nicht, aber ehrlich gesagt, ist es mir auch völlig egal. Ich bin froh, dass alles vorbei ist. Letzten Monat habe ich das Grundstück zu einem guten Preis verkauft und habe mir erst mal die Wohnung hier gekauft." Dabei huschte ein triumphierendes Lächeln über ihr Gesicht.
„Im Frühjahr werde ich das Schiff völlig überholen lassen. Ich habe schon ein gutes Angebot bekommen."
Mit einem Mal dämmerte es Hermine, und sie sprang erregt auf. „Du", keuchte sie und hob anklagend ihren Zeigefinger, „dir scheint ja wohl völlig egal zu sein, ob Ludwigs Mörder gefasst wird oder nicht. Man könnte fast meinen, du hättest ihn umgebracht. Ich habe es ja immer gewusst, dass du was damit zu tun hattest. Nur du konntest es gewesen sein. Du hast ihn mit seinem eigenen Messer erstochen. Gib es doch endlich zu!"
„Ist ja gut, nun beruhige dich doch erst einmal", sagte Johanne, die schon einen kleinen Schwips hatte, aufgebracht. „Ja, ich habe ihn umgebracht. Ich konnte es nicht ertragen, dass er mit meiner

besten Freundin ein Verhältnis hatte, und seinen Geiz wollte ich auch nicht länger ertragen. Warum wollte er das Grundstück auch nicht verkaufen? Er war nach unten gegangen, um sich Kaffee zu kochen, da bin ich ihm hinterhergegangen. Keiner von euch beiden hat es bemerkt. Ich wollte noch einmal mit ihm reden, er sollte mit dir Schluss machen und das Grundstück verkaufen, damit wir das Schiff endlich herrichten können, so wie wir es immer gewollt hatten. Ins Gesicht hat er mir gelacht, er wollte mich verlassen, am liebsten sofort, und auch mit dem Schiff wollte er nichts mehr zu tun haben. Er wollte mit dir ein ganz neues Leben anfangen. Ich habe ihn angefleht, gebettelt habe ich, er solle mich nicht verlassen. Und das Schiff, das war doch einmal unser Traum gewesen, unser gemeinsamer Traum. Der war doch jetzt endlich in greifbare Nähe gerückt, nachdem wir das Grundstück geerbt hatten. Aber er wollte von alledem nichts hören. Da bin ich völlig ausgerastet."
Tränenüberströmt sah Johanne ihre Freundin an. „Das habe ich nicht gewollt, aber er hat nicht aufgehört, mich zu verhöhnen, und plötzlich hatte ich sein Messer in der Hand. Ehrlich, ich wollte das nicht, aber ich weiß nicht, was über mich gekommen ist. Ich fühlte nur noch das Messer in meiner Hand, und dann habe ich zugestochen. Mein Gott, ich war so erschrocken, als er da am Boden lag, in Panik bin ich dann weggelaufen. Keiner von euch hatte bemerkt, dass ich weg gewesen war. Ja, dann fiel dir plötzlich auf, dass Ludwig schon so lange unter Deck war. Alles andere weißt du ja, ich bin mit dir nach unten gelaufen, und wir haben ihn gefunden - tot. Keiner von euch ist auf die Idee gekommen, mich zu verdächtigen, und ich hatte viel zu viel Angst, etwas zuzugeben. Jetzt kennst du die ganze Geschichte."
„Das werde ich dir nie verzeihen", sagte Hermine, „ich hoffe, du schmorst dafür in der Hölle."
So schnell wie möglich verließ sie die Wohnung, rannte auf die Straße, um Luft zu schnappen und einen klaren Kopf zu bekommen. Sie musste überlegen, was sie jetzt tun sollte. Morgen, ja morgen würde sie den Kommissar anrufen, ganz bestimmt.

Lösung 5: Peter Gerdes

„Alle drei!" stöhnte Stahnke und ließ seinen massigen Körper schwer in die Polster plumpsen. Der Hauptkommissar atmete mehrmals tief durch, strich sich mit beiden Händen durch die weißblonden, stoppelkurzen Haare und streckte die Beine von sich, während sein Blick zum wiederholten Male durch die Kajüte streifte. Vom Niedergang zur Pantry, vom Schott zur Klotür, von den Bulleyes zu Kramer.
„Haben Sie so was schon erlebt?" fragte er seinen Assistenten. Kramer zuckte nur die schmalen Schultern. Nur kein unnützes Wort verlieren, keine Angriffsfläche bieten für den zuweilen beißenden Spott seines Vorgesetzten. Die beste Art, genau diesen Spott herauszufordern. Dabei schätzten sich die beiden Männer gegenseitig. Noch aber hatten sie keinen Weg gefunden, sich dessen zu versichern. Wohl weil sie Männer waren.
„Johanne Rolfes. Hermine Voskamp. Tjark Voskamp." Stahnke fasste zusammen. „Jeder dieser drei hat zugegeben, ein Motiv gehabt zu haben, Ludwig Rolfes umzubringen. Erstens." Der Hauptkommissar tippte mit dem Zeigefinger der rechten Hand an den Daumen seiner linken: „Johanne Rolfes: Fortgesetzte Untreue des Ehemanns. Zweitens" - der linke Zeigefinger war an der Reihe - „Hermine Voskamp: Wut über den drohenden Abbruch der Beziehung, in die sie ihre ganze Hoffnung gesetzt hatte. Drittens" - der linke Mittelfinger - „Tjark Voskamp: Sorge um das Schiff. Von wegen Rache am Geliebten der Frau! Nur um das Schiff hatte der Angst. Dass er es nach einer Trennung nicht mehr hätte halten können. Ist das zu fassen." Versonnen wiegte Stahnke den Kopf. Er war selbst Segler und Bootseigner. Und irgendwie machte er nicht den Eindruck, als hielte er Voskamps Motive für völlig unglaublich.
„Aber das Tollste." Jetzt ballte Stahnke die linke Hand zur Faust: „Jeder der drei gibt zu, den festen Vorsatz gehabt zu haben, Ludwig Rolfes umzubringen! Nur wollen sie angeblich allesamt nicht mehr dazu gekommen sein." Wieder schüttelte Stahnke den Kopf, diesmal etwas energischer. Kramer zuckte die Schultern. Ein ein-

gespieltes Duett. Nachdenklich betrachtete der Hauptkommissar seinen Kollegen. 40 Jahre alt mochte der sein, also etwa zehn Jahre jünger als er selbst, aber mit seiner drahtigen Gestalt wirkte er doppelt so fit. Unwillkürlich betastete Stahnke seinen Bauch, der im Sitzen besonders stark über den Gürtel quoll. Wenn es im Äußeren der beiden Kriminalbeamten eine Übereinstimmung gab, dann war es die Kleidung. Knitterige Trenchcoats, sackartige Hosen, abgeschabte Schuhe. Die beiden Columbos. Noch hatte sie keiner so genannt, jedenfalls nicht öffentlich, aber irgendwann würde es einer tun. Das lag einfach zu nahe.
Stahnke zog einen in der Mitte zusammengeknickten Notizblock aus der Manteltasche, faltete ihn auf und las: „17.10 Uhr: Johanne Rolfes verlässt heimlich ihren Arbeitsplatz an Deck, um ihren Gatten zu erstechen. Findet ihn bereits erstochen vor. Schleicht sich zurück an Deck. Will sich nicht verdächtig machen. Soll doch jemand anderes den Fund machen und melden."
Stahnke blätterte um. „17.15 Uhr: Hermine Rolfes verlässt das Vorschiff. Auf Socken, wie sie betont. Um ihren Ex-Geliebten zu erstechen. Oder Noch-Geliebten? Na ja, jetzt ist er auf jeden Fall ex." Stahnke schielte zu Kramer hoch: Keine Reaktion. Seufzend las er weiter. „Sie findet ihn bereits erstochen vor. Fürchtet, dass einer der beiden anderen der Täter war. Deshalb flieht sie nicht an Land, weil sie dann an ihnen vorbei müsste, sondern geht zurück ins Vorschiff."
„Und warum ist sie wenig später dann doch herausgekommen?" fragte Kramer. Seine Stimme klang rauh. Wie eingerostet.
„Weil sie sich sicher fühlte, sobald die beiden anderen zusammen waren", sagte Stahnke. „Egal, wer von beiden der Täter war - der jeweils andere war automatisch Zeuge. Hat sie sich gedacht. Sagt sie." Stahnke klatschte den Block auf den Tisch: „Oder weil sie lügt." Kramer zuckte die Schultern.
„17.20 Uhr", fuhr Stahnke fort. „Tjark Voskamp unterbricht seine Arbeit an der Maschine . . . und so weiter und so fort. Nur mit dem Unterschied, dass er sich nicht wieder wegschleicht, sondern die anderen zusammenruft. Dadurch erscheint er natürlich etwas glaubwürdiger."
„Oder cleverer", sagte Kramer.

„Oder das", sagte Stahnke und seufzte. Dann beugte er sich vor und stemmte seinen Körper aus den Sitzpolstern. „Morgen weiter. Erst einmal haben wir sie wenigstens alle in Gewahrsam. Drei halbgeständige Hochverdächtige, das sollte ja für den Anfang reichen." Kramer folgte ihm den Niedergang hoch in die offene Plicht. Stahnke schloss ab und schaute sich noch einmal um, weidete sich an dem schimmernden Holz. „Ein wunderschönes Schiff. Schade drum. Ich kenne es übrigens schon länger, jedenfalls dem Namen nach."
„Ah ja?" Kramer signalisierte einen Ansatz von Interesse. Jeder Deut weniger wäre unhöflich gewesen.
„Ja", sagte Stahnke. „Ein alter Bekannter von mir hat die Hermine-Johanne mal in Holland getroffen, genauer im niederländischen Friesland, in einem Yachthafen am Sneeker Meer. Da haben sich unsere vier Freunde übrigens mächtig daneben benommen. Solange gesoffen, randaliert und rote Leuchtraketen abgeschossen, bis die Wasserschutzpolizei mit zwei Booten angerückt ist und dem Spuk ein Ende gesetzt hat."
„Sowas", sagte Kramer und schaute auf seine Armbanduhr. Stahnke sah es nicht, schien durch ihn hindurchzuschauen. „Das hatte übrigens ganz tragische Folgen, aber davon haben wir erst später erfahren. An diesem Abend sind auf dem Sneeker Meer zwei junge Segler gekentert. Zwei Brüder. Der eine hat sich dabei schwer am Bein verletzt und konnte nicht mehr schwimmen. Der andere wollte ihn nicht allein lassen. Beide haben sich an ihr kieloben treibendes Boot geklammert und die beiden roten Notraketen abgeschossen, die sie bei sich hatten. Die hat aber keiner wahrgenommen, weil die vier Deppen ja unbedingt ihr Feuerwerk veranstalten mussten. Also sind auch keine Retter gekommen. Irgendwann ist der unverletzte Bruder dann doch losgeschwommen. Zum Ufer, Hilfe holen."
Stahnke machte eine Pause und war total überrascht, als Kramer reagierte: „Und?"
„Tja, der verletzte Bruder wurde wenig später von einer vorbeifahrenden Yacht entdeckt, ein glücklicher Zufall, absolut. Den anderen hat man erst Tage später gefunden. Ertrunken."
„Übel", sagte Kramer.

„Tragisch", sagte Stahnke. Dann gingen sie in verschiedene Richtungen davon.

In der Plicht der Hermine-Johanne blieb es still. Einige Minuten lang. Dann begann sich die Sitzfläche einer der Seitenbänke langsam zu heben. Darunter kam ein Stauraum zum Vorschein, lang und schmal wie ein Sarg. Ein langer, schmaler junger Mann streckte den Kopf heraus, schaute sich vorsichtig um, schälte sich aus den Resten eines alten Segels, stieg dann leise aus dem Stauraum heraus und schloss den Deckel wieder. Er machte ein paar Schritte, um seinen Blutkreislauf wieder in Gang zu bringen. Wenn ihn jemand dabei beobachtet hätte, wäre ihm ein leichtes Hinken aufgefallen. Aber es beobachtete ihn niemand.
„Gut", sagte der junge Mann leise vor sich hin. „Das war also Nummer eins."
Lautlos verschwand er in der Dunkelheit.

Vermischte Morde

Auf dem Parkplatz am Park

Auf dem Parkplatz am Park bei der Buche
zwischen Arbeit und Kneipe und Bett
machte ich mich nach ihr auf die Suche
und ich fand sie und fand sie recht nett.

Auf dem Parkplatz am Park bei der Linde
zwischen Kiosk und Gitter und Strauch
fragte ich sie, wie sie mich denn finde
und sie sagte, sie möge mich auch.

Auf dem Parkplatz am Park bei der Esche
zwischen Kaufhaus, Kaserne und Klo
gab ihr Mann mir gewaltige Dresche
und sie kreischte und lachte und floh.

Auf dem Parkplatz am Park bei der Eiche
zwischen Himmel und Erde und Strick
fiel der Morgentau auf ihre Leiche
später fiel mir das Beil ins Genick.

Auf dem Parkplatz am Park bei der Fichte
zwischen Morgen und Grauen und Licht
sucht mein Geist die Moral der Geschichte
und er sucht sie und findet sie nicht.

Dichter an die Macht

Es war an einem trüben Tag Ende September, und ich weiß es noch wie heute, wie damals alles anfing. Dr. Albert Meyer-Schöneck, der Friedenspreisträger, war eine Woche zuvor abends auf der Straße überfallen worden, einfach so, ohne besonderen Anlass. Ein paar Glatzen hatten sich wohl an seiner runden Goldrandbrille und an seinen langen grauen Locken gestört und das auch ausgedrückt, auf die Art, die ihnen geläufig war. Nicht, dass Meyer-Schöneck viel zugestoßen wäre; sie schubsten ihn ein bisschen herum, boxten ihn und zertraten seine Brille. Es hatten aber Leute zugeschaut, und der Schriftsteller fühlte sich beleidigt. Dass die Polizei anschließend seine Anzeige nur beiläufig und mit unverhülltem Desinteresse aufnahm, brachte das Fass zum Überlaufen. Meyer-Schöneck schlug zurück. Und zwar auf die Art, die ihm geläufig war.
Niemand hatte erwartet, dass dieser Aufruf einschlagen würde wie eine Bombe. Nicht einmal der Autor selbst, und der verantwortliche Redakteur der großen liberalen Wochenzeitung schon gar nicht, sonst wäre die Veröffentlichung bestimmt unterblieben. Ein Aufschrei des Abscheus, ein Dossier der Demütigung, wallende Wut - alles schon dagewesen, und deswegen wurde es auch ohne allzu große Bedenken gedruckt. Es war aber ein Text von Meyer-Schöneck, und der hatte nicht umsonst seinen Doktortitel mit einer Arbeit über die „Manipulation durch Sprache in den Massenmedien" erworben. Was dieser Mann schrieb, das zündete; der Friedenspreis war nur eine der großen Auszeichnungen, die ihm das eingetragen hatte. Unter der intellektuellen Leserschaft begann die Wut zu schwelen. Und kurz darauf zu lodern.
Hätte der verantwortliche Redakteur jener großen liberalen Wochenzeitung das Typoskript bis zur letzten Zeile gelesen, dann wäre ihm noch etwas anderes aufgefallen. Meyer-Schöneck beließ es diesmal nämlich nicht bei Aufschrei, Analyse und Anklage, er schloss mit konkreten Anweisungen. „Schützt die Freiheit des Geistes, denn sie ist eure Freiheit! Bekämpft die Auswüchse

der Dummheit, denn die wird niemals weichen, wenn ihr sie nicht zurückdrängt! Erobert die Straße zurück, denn dort ist das Leben, und ihr seid die Dichter des Lebens! Geht dichter dran, Dichter, geht ran!" Eine Anhäufung kategorischer Imperative, wie sie ein KBW-Flugblatt in den frühen Siebzigern nicht kompakter hätte liefern können. Dies aber war die Quintessenz eines Meisterwerkes von Albert Meyer-Schöneck. Und das machte einen gewaltigen Unterschied.

Es begann unmittelbar nach Erscheinen jener Ausgabe der großen liberalen Wochenzeitung. Es waren vor allem die ganz jungen und die alten Dichter, die sich überall in Deutschland abends auf den Straßen trafen, zu Grüppchen formierten und mit bebenden Stimmen zu skandieren begannen: „Freiheit der Straße! Wir sind der Geist!" Was in den kleineren Städten überwiegend Kopfschütteln hervorrief - denn nicht alle lesen besagte große liberale Wochenzeitung - , führte in den Großstädten zwangsläufig zu blutigen Köpfen. Die Glatzen und ihresgleichen mochten nicht allzu viel begreifen, aber dass sie hier gemeint waren, das begriffen sie. Und dass sie die körperlich Überlegenen waren, begriffen sie auch. Die Folge war ein allgemeines Gemetzel, dessen Auswirkungen im Großen und Ganzen vom diensthabenden Personal in den Notaufnahmen der Krankenhäuser recht gut zu bewältigen waren und nur in wenigen Fällen zu stationärer Behandlung führte.

Eine signifikante Ausnahme aber gab es, und das war der junge Berliner Aktions-Lyriker Manuel Schuppin. Der nämlich hatte die Gelegenheit nutzen wollen, ein paar seiner radikalen Zweizeiler nahe der Sammelplätze der Glatzen an die Wände zu sprühen, eine Maßnahme, die er bis dato aus einsichtigen Gründen unterlassen hatte. Als es dann zum Handgemenge gekommen war, hatte Schuppin als einziger der Geist-Fraktion eine Waffe einzusetzen gehabt, nämlich seine Spraydose. Daraufhin hatten ihn die Glatzen totgetreten. Ehe der neuen Bewegung noch bewusst war, dass sie eine Bewegung war, hatte sie ihren ersten Märtyrer. Letztlich war es diese Tragik, die die Vorgänge jenes Septemberabends davor bewahrte, in den Winkel der Absurdität abgeschoben zu werden, und sie auf die Ebene der Politik hob. Meyer-

Schöneck brauchte die nächste Ausgabe der großen liberalen Wochenzeitung nicht abzuwarten; ohnehin wäre es fraglich gewesen, ob man ihm dort noch jemals wieder auch nur eine halbe Spalte eingeräumt hätte. Schon am nächsten Tag sprach Meyer-Schöneck im Fernsehen, auf verschiedenen Sendern, vom Nachmittag bis in die Nacht. Und da zeigte sich, dass der gefeierte Autor ein glänzender Rhetoriker war. „Manuel Schuppin ist nicht umgekommen, weil er zur Waffe gegriffen hat", donnerte er in die Kameraobjektive, „er starb vielmehr, weil er als einziger zur Waffe griff!" Und er schloss mit der Zeile von Oswald Andrae: „Denn das Wort allein hilft nicht!"

Was Meyer-Schöneck damit ausgelöst hatte, zeigte sich ziemlich genau zwei Wochen später in seiner ganzen Dimension. Man hatte nicht umsonst den Eröffnungstag der Frankfurter Buchmesse gewählt. Als alle Welt auf die monströse Bücher-Show starrte, in der Hoffnung, die Schriftsteller hätten sich vielleicht darauf besonnen, dass der einzig richtige Platz für ihren Aufschrei der zwischen Buchdeckeln war, brach der Aufstand los.

Schneller als andere, die sich vor ihnen an einer Revolution versuchten, hatten die Schriftsteller aus ihren Fehlern gelernt, das musste man ihnen zugestehen. Das erste, ebenso spontane wie erfolglose Losschlagen hatte die Notwendigkeit einer Organisationsstruktur deutlich gemacht. Solche Organisationen besaßen die Autoren längst, und unter dem Eindruck der Worte Meyer-Schönecks brachten sie es fertig, lang gehegte, liebgewordene Animositäten schnell abzuhaken und aus vielen kleinen Netzen ein großes zu machen. Dabei stellte sich heraus, dass die Schriftsteller viel zahlreicher waren, als sie selbst und jeder andere angenommen hatten. Und sie suchten sich Verbündete, vor allem bei den Medien. Ob sich Zeitungsjournalisten, Rundfunkredakteure und Fernsehdrehbuchschreiber nun anschlossen, weil sie sich im tiefsten Inneren schon immer für Dichter gehalten hatten oder weil sie einfach nur eine große Story witterten, sei dahingestellt. Im Nachhinein wird das niemand mehr feststellen können.

Um aber nicht nur mit dem Wort kämpfen zu müssen, war noch mehr nötig: Die fachkundige Einteilung in schlagkräftige Kampfgruppen und natürlich die Bewaffnung. Auch hierfür fanden sich Lösungen. Die Science-Fiction-Autoren der Heftchen-Verlage, durch das jahrelange Verfassen von „Landser im Weltall"-Geschichten auf Kampfhandlungen verschiedenster Art trainiert, legten Aufmarschzonen, Nachschubwege und taktische Ziele fest. Für die Waffen schließlich sorgten die Krimi-Autoren. Wie deren so genanntes „Syndikat" in dieser kurzen Zeit ein derart komplettes Arsenal herbeischaffen konnte, wird ein Geheimnis bleiben. Die Krimiautoren nämlich hatten absolute Diskretion zur Bedingung gemacht, und das war ein Angebot, das man nicht ausschlagen konnte.

Erstes Ziel war natürlich die Buchmesse selbst. Die Aktion verlief höchst blutig, denn die Schriftsteller verfuhren in der Realität ebenso rücksichtslos wie in ihren Texten und machten ohne Bedenken von der Waffe Gebrauch. Dass auch mancher unliebsame Verleger im allgemeinen Getümmel sein Leben aushauchte, wurde ebenso mit einem Achselzucken abgetan wie bis dato manches Manuskript. Nach wenigen Stunden war nicht nur das gesamte deutsche Verlagswesen in Autorenhand, sondern auch die politische Spitze, die sich zur Eröffnung der Messe versammelt hatte und überrascht worden war, als sich ihre Bodyguards gerade an den Video-Ständen aufhielten. Von da an entwickelten sich die Dinge in atemberaubendem Tempo.

Mit dem Bundeskabinett als Geiseln konnten die Autoren übereilte Reaktionen von Polizei und Militär verhindern. Nach langer Diskussion mit einer Autoren-Delegation unter Einsatz hochprozentiger Rauschmittel erklärte der angeschlagen wirkende Generalstab am nächsten Morgen, die Armee habe sich zum Gehorsam gegenüber der jeweiligen deutschen Führung verpflichtet, nicht etwa gegenüber einer bestimmten. Die Soldaten wurden aufgefordert, Ruhe zu bewahren und in den Kasernen zu bleiben. Das war der halbe Sieg. Die andere Hälfte fiel den Autoren in den Schoß, als die eilends einberufene Konferenz der Länder-Innenminister verkünden ließ, die Polizei werde sich den laufenden Auseinandersetzungen mit demselben Engagement widmen wie bisher den rechtsradikalen Ausschreitungen. Daraufhin konnten Autorengruppen die vollkommen passive Polizei ohne Probleme entwaffnen.

Und das war eigentlich schon alles. Der Machtwechsel war vollzogen, ohne dass sich ernsthafter Widerstand geregt hätte. Das war nicht zuletzt ein Verdienst der Mitstreiter in den Medien, die das Geschehen als längst überfällig und moralisch notwendig darstellten und ansonsten mit dem bewährten Unterhaltungs-Mix für Ruhe sorgten. Bundeskanzler und -präsident wurden umgehend für abgesetzt erklärt, beide Ämter wurden von Meyer-Schöneck übernommen; auch das wurde mit allgemeiner Erleichterung zur Kenntnis genommen. Die Parlamentssitze teilten die Autoren nach Geschlechts- und Genre-Schlüssel unter sich auf. Auch die Verwaltungsspitzen wurden mit Schriftstellern besetzt, ebenso die Aufsichtsräte und Entscheider-Positionen aller größeren Firmen und Konzerne. Als letzte Maßnahme bezogen Autorengruppen an allen Grenzübergängen Stellung.

Es war eine große Aufgabe, die alle Kräfte band. So war es nur logisch, dass Bundes-Autor Albert Meyer-Schöneck ein allgemeines Schreibverbot erlassen musste, „um die Ressourcen nicht zu vergeuden". Ausgenommen von dieser selbstverständlich befristeten Maßnahme war nur er selbst; ein Opfer, wie er betonte, das er zum Wohle aller auf sich nehmen wolle.

Bis wann dieses Schreibverbot befristet sein soll, wurde nicht mitgeteilt. Man hat es wohl in der Eile vergessen. Seither wurde in dieser Sache mehrmals angefragt, aber ohne Resultat; entweder erfolgten die Anfragen mündlich und blieben ungehört, oder sie erfolgten schriftlich und führten zur sofortigen Festnahme der Unbotmäßigen. Die meisten Schriftsteller haben sich mit der Situation abgefunden. Schreibblockaden sind kein Thema mehr, und der Wunsch, seine Mitmenschen zu fesseln, kann dank der neuen Machtverhältnisse auch wortlos ausgelebt werden.

Wir können glücklich sein, stolz und glücklich, in solchen Zeiten leben zu dürfen. Meyer-Schöneck sagt das auch.

Vielmehr: Er schreibt es. Wir können ihm gar nicht genug danken für dieses Opfer.

Ende der Bandaufnahme.

Die Entscheidung

Als in der zweiundzwanzigsten Minute der Stein aufs Spielfeld flog, hob Kauschenreuther die Pfeife an die Lippen und blies hinein. Die Menge johlte, als der Schiedsrichter wie mit steifen Knien zum gelbgewandeten Neuner ging und sich den Ball aushändigen ließ, und es klang übermütig und erwartungsvoll. Was würde er jetzt machen?
Kauschenreuther winkte mit der rechten Hand, hart und gebieterisch, Handfläche zum Körper, aus dem Ellbogengelenk. Den Ball hielt er unter dem linken Arm, so, als wolle er ihn vorerst nicht wieder hergeben. Das Raunen von den Tribünen wurde leiser. Fast schien es so, als wollten die Fünfzigtausend lauschen, was Kauschenreuther denn jetzt zu seinem Assistenten sagte, der eilfertig und mit vorgerecktem Kopf angelaufen gekommen war. Zu hören war natürlich kein Wort, nur die Handbewegung war zu sehen, flach diesmal, von der Brust weg nach außen, Handkante voran. Und die Fernsehzuschauer konnten das Gesicht des Assistenten sehen, seinen halboffenen Mund mit den großen weißen Zähnen, seine dichten Brauen und die ungläubig aufgerissenen Augen.
Ein paar Spieler hatten sich um den Schiedsrichter versammelt, darunter auch der Torwart der Gäste, der ihm den faustgroßen, hellbraunen Wackerstein anklagend und mit selbstgefälliger Miene entgegenstreckte. Kauschenreuther nahm den Stein und scheuchte dann die Spieler fort, bis auf den Kapitän der Gastgeber, der sich mit ausgebreiteten Armen vor ihm aufbaute. Die Masse auf den Rängen fand sich in dieser Geste wieder: Ja, was wird denn nun?
Kauschenreuther schüttelte den Kopf und deutete mit der rechten Hand, Zeigefinger vor, vier Finger mit Stein nach unten, Richtung Marathontor. Dort an der Seitenlinie stand der Schiedsrichterassistent und sprach mit dem Chefordner. Der schien nicht gleich zu verstehen, denn der Assistent setzte nochmal und nochmal an, bis der breite Mann in seinem dicken blauen Steppmantel in einer Geste der Resignation die Hände über

den Kopf hob, sich dann umdrehte und die Treppe zur Sprecherkabine empor trabte. Das Raunen von den Rängen löste sich in heftigem Gemurmel auf. Gleich würde man wissen.
Dann knackte es in den Lautsprechern, und die sonore Stimme des Stadionsprechers sagte folgende Worte: „Der Schiedsrichter teilt mit, dass das Spiel nicht eher wieder angepfiffen wird, als bis der Steinewerfer an der Innenseite des Schutzzauns hinter dem Tor in der Westkurve aufgehängt worden ist."
Das Gebrüll war unbeschreiblich, aber es hielt nicht lange an. Auch die Spieler, die unten auf dem Rasen Kauschenreuther bestürmten und bedrängten, hielten sofort inne, als der an seine Brusttasche griff. Fünf Spieltage vor Ende der Meisterschaftsserie wollte niemand eine Karte riskieren, dafür stand einfach zuviel auf dem Spiel; die ausgelobten Prämien waren enorm. Außerdem war das hier nichts, was sie wirklich anging. Das Publikum war gefragt, das Publikum musste entscheiden. Nach und nach wandte sich alles der Westkurve zu, und im Stadion wurde es still.
Was soll ich sagen? Ein Fan-Schal war schnell zur Hand. Denn, mal ehrlich: So ein Stein ist ja ganz nett, aber Abpfiff in der Zweiundzwanzigsten, also nein. Dann ist der Abend einfach noch zu jung.

Schatten

Er ist immer noch hinter mir.

Ich dachte, ich wäre ihn endlich los. Aber er ist noch da. Er macht auch überhaupt keinen Versuch, mir das zu verheimlichen. Nicht, dass er sich blicken ließe, oder dass er etwa besonders auf sich aufmerksam mache würde - nein, da ist er sehr viel subtiler. Hier ein Rascheln, da ein kleiner Schritt neben dem Rhythmus, danke, reicht schon. Auf die Art hat er in den letzten vier Tagen aus mir ein Nervenbündel gemacht.
Ich weiß nicht, wer er ist, ich weiß nicht, was er ist, ich weiß nur, dass er ist, dass er existiert. Auch, dass er ein Mann ist, und dass er nicht viel jünger oder älter sein kann als ich, habe ich inzwischen begriffen. Und noch eins habe ich gemerkt: Er ist ein Künstler. Ein Meister der bloßen Existenz, ein Virtuose der Andeutung, eine Kapazität im Spürenlassen. Mich lässt er so einiges spüren. Nichts besonders Schönes darunter.

Er ist immer noch hinter mir.

Vier Tage, genauer dreieinhalb, versuche ich ihn jetzt schon loszuwerden. Aber er bleibt dran an mir, hält genau die Distanz, die alles ahnen, aber nichts wirklich wissen lässt. Ich weiß nicht, ich weiß bei Gott und dem Teufel nicht, was er von mir will. Ich kann nur hoffen, dass er es selber weiß - dann gäbe es immerhin so etwas wie ein Ziel. Für uns beide.
Oder er will mich einfach zermürben. Will's mal versuchen. Mal schauen, wie einer zerstäubt im Nichts. Wie lange einer das mitmacht, ehe seine Augenlider und seine Mundwinkel aus seinem Gesicht eine Wahnsinnsfratze zurechtgezuckt haben. Wenn es das ist, was er will, dann ist er noch nicht am Ziel. Sind wir noch nicht am Ziel. Aber wir werden da noch hinkommen, wir beide, wenn es das ist, was er will. Ich will nichts mehr, höchstens wissen, was er will.

Er ist immer noch hinter mir.

Killing Sophie

Als sie die Tür öffnete, drang Musik in den Hausflur. „I will always love you". Er mochte die Nummer, und er mochte es, wenn sie lief, wenn er kam. Sophie wusste das natürlich. Vielleicht hatte er deshalb dreimal klingeln müssen. Seine Stirn glättete sich, und der Anflug von Ärger verging.
„Hallo." Er küsste sie flüchtig. Sie sah nicht besonders gut aus. Dicke Ringe unter den Augen und die Haut im Gesicht irgendwie grob, fast verquollen.
„Geht's dir gut?"
Sie lächelte etwas gezwungen, ohne ihn anzusehen. „Sicher. Alles okay."
Sieht aus, als ob sie besorgt ist, dachte er. Wieder lag seine breite Stirn in Falten. Was hatte sie sich Sorgen zu machen? Er sorgte doch für sie. Ließ sie hier umsonst wohnen, zahlte ihr den Haushalt und noch ein bisschen obendrauf. Mehr als genug als Gegenleistung. Freuen konnte sie sich doch über den Deal. Stattdessen diese Flappe. Seine Laune sank.
Sie ging voraus ins Wohnzimmer. Ein schönes Zimmer, dessen Anblick ihn wieder etwas freundlicher stimmte. Die schwarze Ledergarnitur aus seinem früheren Empfangsraum machte sich hier ausgezeichnet, das hatte er gleich gesagt. Teure Stücke, längst abgeschrieben, aber immer noch tadellos. Keine Ahnung, warum sie sich damals so dagegen gesträubt hatte. Aber sie wusste ja nie, was gut für sie war.
Der Song verklang, ging ohne trennende Stille in den nächsten über: „I am a material girl." Das Lied sagte ihm nichts. Sophie ging über den hochflorigen Velours hinüber zur schwarzen Stereo-Kompaktanlage, die auf einem der Glasböden des chromblitzenden Wandregals stand, und drehte die Musik etwas leiser. Dann nahm sie ihm den Mantel ab, den er ihr mit ausgestrecktem Arm hinhielt, und verschwand damit im Flur. Ein bisschen was hatte sie ja doch gelernt.
Sachte ließ er sich ins Ledersofa sinken, das unter ihm leise knarrte. Er war stolz auf seine kontrollierten Bewegungen, stolz auch

auf seinen kompakten, festen Körper. Andere in seinem Alter gingen auf wie die Hefeteilchen, aber er nicht. Obwohl er durchaus die Veranlagung dazu hatte. Aber er ließ sich eben nicht gehen, arbeitete dagegen hart an. Zwischen Athlet und Pykniker war ein schmaler Grat, das wusste er, und er wusste genau, auf welcher Seite er stehen wollte.
Sophie kam zurück, zwei Sektgläser in den Händen. Diesmal sah sie ihn an, als sie lächelte, aber hinter dem flachen Lächeln war dieser andere Ausdruck zu erkennen, der von Aufmerksamkeit und Sprungbereitschaft. Er kannte das, nicht nur von ihr. So sahen ihn Menschen eben an. Ihm war es recht.
Sehr groß ist sie nicht, dachte er, als er das Sektglas nahm, das sie ihm reichte. Dann bemerkte er, dass sie barfuß war. Sie hatte sich auch umgezogen, trug jetzt eine Art Hausanzug aus dunkel glänzendem, weich fließendem Material mit einem locker geknoteten Gürtel. Dieses Kleidungsstück kannte er noch gar nicht. Schon war der Ärger wieder zu spüren.
Sie setzte sich neben ihn auf das Sofa und hielt ihm ihren Sektkelch auffordernd hin. Als sie anstießen, drängte sie sich leicht an ihn, und während sie tranken, schob sie ihren linken Arm über die Rückenlehne hinter seine Schultern. Er spürte ihren Schenkel und ihre Hüfte und am Oberarm ihren Busen. Gleichzeitig beugten sie sich vor, um die Gläser auf den Glastisch zu stellen. Ihr dunkelbraun schimmerndes, pagenköpfig geschnittenes Haar floss rechts und links des Halses nach vorn und gab ihren schmalen, feinen, weißen Nacken frei. Überrascht stellte er fest, dass ihn dieser Anblick immer noch erregte.
„Sweet dreams" spielte das Radio. „Some of them want to abuse you, some of them want to be abused."
Er lehnte sich zurück, sie wandte sich ihm zu. Wieder dieser Blick, diensteifrig und nach Wünschen forschend. Wie alt mag sie jetzt sein, dachte er. Dreiundzwanzig? Höchstens. Auch von vorne sah ihr Hals ausnehmend hübsch aus, schmal und weiß und glatt. Er konnte sich immer noch sehr gut vorstellen, dass er sich einmal in diese Frau verliebt hatte. Na ja, was man so Liebe nennt.
Sie registrierte seinen Blick, griff sich wie zufällig an den Hals, ließ ihre Hand langsam wieder sinken, die Finger leicht ins Re-

vers ihrer seidigen Hausjacke gehakt. Der Gürtel löste sich wie von selbst, die Jacke klaffte auf und gab den Blick auf ihre rechte Brust frei. Eine helle, glatte, kleine Brust mit einer festen Brustwarze und leicht rötlichem Hof. Auch ihr Bauch war immer noch fest und glatt und weiß. Einen Moment lang glaubte er eine beginnende Erektion zu spüren. Dann sah er in ihren Augen das Lauern, dahinter das Hoffen und dahinter die Angst.

Er rückte von ihr ab. „Was soll das", fragte er, ohne zu fragen. Sie öffnete ihren Mund, einen Moment lang glitzerte ihre Zunge zwischen den Lippen, und ihre Hände hielten die Revers der Jacke umkrampft, als wollten sie sie vollends herunterreißen, in einem letzten, verzweifelten Versuch. Aber es war zwecklos, das wusste sie jetzt. Seine Augen sprachen klar. Sie ließ den Kopf sinken, schloss die Jacke und zog den Gürtel wieder zusammen.

„Brauchst du dein Ritual?" Er beugte sich vor, griff nach seinem Glas und trank es aus. „Vergiss es. Du weißt genau, weswegen ich hier bin."

„Früher bist du meinetwegen gekommen", sagte sie leise.

„Früher", sagte er.

„Es hat dir doch immer gefallen mit mir." Sie gab nicht auf.

Klar hatte es ihm gefallen mit ihr, früher. Er sah sie noch vor sich, wie sie da lag auf der alten Couch, die früher hier stand, ehe er angefangen hatte, sich richtig um sie und ihre Angelegenheiten zu kümmern. Sie hatte ja niemanden gehabt außer ihm, keine Eltern, keine Bezugsperson, nichts, nur ihn. Er hatte sie aufgenommen, hatte ihr das Heim erspart. Sie hatte wirklich allen Grund, dankbar zu sein. Damals wie heute.

Noch schlanker und feiner als jetzt hatte sie damals ausgesehen, die Hüften schmal, die Brust fast knabenhaft. Als sie dann reifer geworden war, hatte er sie gern von hinten genommen, seine Hüften auf ihre kleinen prallen Backen geschmiegt und sich in seinen Rhythmus hineingestoßen. Warum, hatte sie gefragt, und er hatte lachend geantwortet: Weil das die natürlichste Art ist. Guck sie dir doch an, die Säugetiere. Immer den Überblick behalten, fluchtbereit bleiben. Was glaubst du wohl, warum so viele Missionare im Kochtopf gelandet sind? Das hatte sie nicht

verstanden. Wenig später hatte er sie dann rausgeworfen und die Wohnung anderweitig vermietet.
Das war wohl schon acht Jahre her. Lange hatte er sie aus den Augen verloren, aus dem Sinn. Hatte auch so gewusst, wie es ihr ergehen würde, nur auf sich selbst gestellt. Recht hatte er behalten.
Inzwischen aber lagen die Dinge anders. Und darum wohnte sie jetzt wieder hier.
„Wohnst du gern hier", fragte er sie, ohne zu fragen.
„Das weißt du doch", sagte sie. Leise, mit zitternder Stimme. „Wo sollte ich auch sonst hin."
Er nickte. Also war alles geklärt.
Dann stand er auf und sagte: „Komm jetzt."
Sie ging vor ihm her durch den Flur, vorbei an Küche, Garderobe und Gästeklo, öffnete die Zwischentür. Dahinter lag das Schlafzimmer. An der Tür schräg gegenüber hing ein riesiges Poster, das einen gewaltigen Schäferhund zeigte mit gespitzten Ohren, freundlich gebleckten Zähnen und lang heraushängender Zunge. Sophie klopfte, öffnete die Tür einen Spalt, steckte den Kopf hindurch und sagte: „Schatz, der Onkel ist da."
Das Mädchen war sechs Jahre alt. Es lag auf dem Bett, die Decke bis ans Kinn hochgezogen, und hielt einen riesigen Schäferhund aus Plüsch, der dem auf dem Poster zum Verwechseln ähnlich sah, mit beiden Armen fest umklammert. Lange braune Haare umrahmten ihr Gesicht, ihr kleines, feines, glattes Gesicht, das in diesem Moment nur aus Augen zu bestehen schien. Aus dunkelbraunen, weit aufgerissenen Augen.
Immer dasselbe.
„Hab keine Angst", brummte er. „Du kennst mich doch."
Das Mädchen schob sich mit den Füßen weiter zur Wand, bis ihr Kopf dagegen stieß, ohne ihn dabei aus den Augen zu lassen.
Er betrat das Zimmer. An der Bettkante ließ er sich in die Hocke sinken. Federnd, kontrolliert. Er war stolz auf seine Bewegungen, auf seinen Körper.
Er legte seine Hände auf das Laken und begann sie unter die Bettdecke zu schieben. Das Mädchen zog die Knie an und schob

seinen Oberkörper an der Wand hoch, ohne ihn dabei aus den Augen zu lassen.
„Sophie", sagte er, halb über die Schulter. „Komm jetzt, Sophie. Du weißt doch, ohne dich geht es nicht."
„Ja", antwortete sie. „Ich weiß. Ohne mich geht das nicht."
Der Blick des Mädchens glitt über seine Schulter, und Sophie fing ihn auf. Die Angst, das Flehen, die Hoffnung.
„Sophie." Seine Stimme klang drängend.
„Ja", sagte sie.
Sie löste ihren Gürtel, zog ihn zwischen ihren Fingern glatt und nahm ihn fest in beide Hände.
Dann trat sie hinter ihn.
Es war still im Zimmer, so still, dass man die leise Musik aus dem Wohnzimmer hören konnte. „Do you really want to hurt me?"
Diesmal war es eine Frage: „Sophie?"
„Ja", sagte sie.

Die Tat des Opfers

Er hätte die Stelle auch mit geschlossenen Augen gefunden, so markant war das Geräusch des Sandes, das hier von einem groben, kieseligen Knirschen in ein dumpfes, quetschendes Knarren überging. Hier zweigte der neue Weg ab, der seit einem halben Jahr den früher unzugänglichen Mittelteil des Stadtwäldchens durchschnitt. Hier hatten sie neulich auf ihn gewartet. Und hier würde er heute warten.

Heute war es kälter als damals und womöglich noch dunkler. Der neue Weg war noch nicht beleuchtet; die Lampen standen zwar schon, schnörkelige Ungetüme mit lächerlich künstlicher Patina, aber mit den Anschlüssen hatte es wohl eine Panne gegeben. Knut erinnerte sich, irgend etwas darüber in der Zeitung gelesen zu haben. Immerhin war Herbst, und die Schlamperei fing an aufzufallen.

Er hielt sich dicht am Wegrand, wo ihm die nassen Zweige um die Knie und durchs Gesicht wischten. Der grobe Sand war hier weich und feucht und machte das Vorwärtskommen schwer. Aber Knut hatte keine Eile. Langsam maß er die Wegstrecke ab, die er sich sorgfältig ausgesucht hatte, achtete auf Mulden, in denen er einsinken und stürzen konnte. Anscheinend gab es hier keine, wie erwartet.

Wenn sie alle kommen, wird es hart, dachte er. Aber das Risiko war gering. Heute spielten die Böhsen Onkelz in der Nachbarstadt, und da waren sie mit Sicherheit alle hin. Alle bis auf ihn, bis auf ihn. Er war der einzige aus der Gruppe, der keine Rockmusik mochte, sogar solche nicht. Vielleicht war der Kleine mit der falschen Rolex auch hiergeblieben, weil der fast immer pleite war. Aber auf zwei war Knut vorbereitet.

Am besten wäre natürlich, er käme allein. Und kommen würde er. Schließlich wohnte er immer noch bei seiner Mutter, und die hatte ihm das Rauchen im Haus ein für allemal verboten. Jetzt ging er abends immer ins Wäldchen, mindestens einmal, ganz egal, ob die anderen am Treffpunkt waren oder nicht. Knut hatte mitbekommen, wie die Gang ihn damit aufgezogen hatte. Und er

wiederum hatte mitgekriegt, dass Knut gelauscht hatte. Damals war das losgegangen. Und jetzt war das Maß voll.
Knut blieb stehen und bog die verspannten Schultern zurück. Nie hatte er sich vorgestellt, einmal so hassen zu können. Nicht einmal Hass hatte er sich richtig vorstellen können, wie er inzwischen wusste. Wer zurückblickt, sieht eben mehr. Dass Liebe und Hass die beiden stärksten menschlichen Gefühle seien, hatte er in der Schule gelernt, in Deutsch. Schiller? Die Liebe kannte er noch nicht, da war er ziemlich sicher. Jedenfalls hoffte er stark, dass da noch etwas war, was nach dem kam, von dem er wusste. Den Hass kannte er inzwischen, und Hass war jetzt das Größte. „Wir haben lang genug geliebt und wollen endlich hassen" - das war der Titel eines Buches mit Gedichten, Antikriegsgedichten, das sein Onkel ihm zum 18. Geburtstag geschenkt hatte. Er hatte den Kopf geschüttelt und nicht verstanden, wie jemand dazu kam, absichtlich hassen zu wollen. Hass war für ihn gleichbedeutend gewesen mit Kontrollverlust, mit verzerrtem Gesicht, verkniffenen Augen, verkrallten Fingern, überschnappendem Kreischen. Hass löscht alles aus, hatte er geglaubt, alles Positive, und gibt nichts dafür zurück. Hass macht hilflos.
Aber das stimmte ja nicht. Seine Hilflosigkeit war es doch gewesen, die auch in ihm den Wunsch nach tätigem Hass geweckt hatte. Dabei hatte er erkannt, dass Hass nicht von heute auf morgen entsteht. Hass wird gesät und muss dann gepflegt werden, gewässert und gedüngt, sonst verdorrt er und geht ein. Hass war also nichts Einmaliges, Hass war entweder immer oder gar nicht. Und wenn immer, dann immer mehr.
Und er hatte gelernt, dass Hass nicht blind sein muss. Sein Hass war hellsichtig, er schärfte den Blick und fokussierte ihn wie ein Brennglas. Sein Hass hatte ein Ziel, genaugenommen zwei Ziele. Eine Person und eine Tat.
Auch das Wort Person erinnerte ihn an den Deutschunterricht. „Schreibt nicht Person. Personen sind etwas zum Verwalten, die kann man von hier nach dort schieben", hatte der Lehrer, den sie alle nur Fippus nannten, immer wieder gesagt: „Schreibt Menschen, das ist doch viel netter." Richtig, dachte Knut. Also ist er eine Person. Und er ist ein Stück Dreck.

Er rieb sich die klammen Finger; sie durften nicht steif werden. Langsam wurde er ungeduldig. Mehrmals schon hatte er Schritte gehört, aber das waren nicht seine gewesen. Langsame Spazierschritte, ein leichtes, schnelles, ängstliches Vorbeihuschen, zwei stampfende Jogger, die sich keuchend unterhalten und bis zu ihm her nach Zigaretten gerochen hatten. Dann war wieder Ruhe eingetreten, untermalt vom tröpfelnden Rauschen der Blätter, gelegentlich gestreift vom Motorengeräusch, das von der Straße hereindrang. Hin und wieder klappten Autotüren. Ob man wohl die verschiedenen Wagentypen an diesem einen Laut unterscheiden konnte? Knut lauschte angestrengt.

Und dann kam er. Das Dreckstück.

Er ging recht leise, obwohl er fast zwei Zentner wog, und kam trotz niedriger Schrittfrequenz schnell näher, weil er gewaltig ausholte. Kurz vor dem Aufsetzen pflegte er mit dem Hacken über den Boden zu scheuern, was seinem Ganggeräusch etwas Pferdehaftes verlieh, eine Art regelmäßig-ungleichen Viertakt: datschak, da-tschack. Kein Zweifel, das war er, und er war allein.

Knut erwartete ihn mitten auf dem Weg. Der Lichtkegel seiner Taschenlampe traf sein Gegenüber schräg von unten, stoppte ihn auf der Stelle. Das Dreckstück stand da wie angenagelt. Knut sah die weite, offene Kapuzenjacke, das lange weite Sweatshirt, unter dem der Bauch über den Gürtel hing, und die schwarze Jeans, deren scheckige Beinröhren auf den schwarzrunden Lederschuhen Ziehharmonikafalten schlugen. Er sah den rechten Arm, hochgerissen als Augenschutz, und diese Hand, die jetzt keine Faust war. Er konnte spüren, wie ihm der Hass den Rücken steif machte. Hass macht nicht hilflos, dachte er. Hass ist Hilfe, Hass ist eine Waffe. Dann kniff er die Augen zusammen, ließ den Lichtkegel kurz über sein eigenes Gesicht und seinen Körper wandern und knipste die Lampe aus.

„Was soll das denn?" Der Schreck hatte nicht lange vorgehalten, war im Moment des Erkennens auf einen kleinen Rest Überraschung zusammengeschrumpft. Das Dreckstück hatte sein Opfer erkannt, und damit war keine Angst mehr nötig. Ein Gegner hätte ihm Angst gemacht, aber das hier war ja keiner. Das war Knut,

das Opfer. Genau das eben, was er und seine Leute immer suchten. Gegner niemals.
Das bisschen Licht, das vom alten Weg durchs Laub zu ihnen drang, zeichnete eine bullige Silhouette nach, die jetzt ein, zwei unsichere Schritte in Knuts Richtung machte. Knut sah die dikken Arme baumeln, an denen jetzt wieder Fäuste hingen. Er selbst hatte nur kompakte Schwärze im Rücken; für die geblendeten Augen des Dreckstücks war er unsichtbar. Langsam bewegte er sich zurück.
„Was das soll, will ich wissen. He, du Kröte! Was willst du? Wo steckst du?" Das Dreckstück hatte jetzt Knuts alten Standort erreicht und drehte sich suchend nach rechts und links. Hilflos sah er aus, und tatsächlich war er verunsichert. Seit wann kamen Opfer zu ihm? Opfer spürte man auf, stellte sie, trieb sie in die Ecke. Die Jagd gehörte doch einfach dazu. Opfer warteten doch nicht mitten auf dunklen Wegen. Warum waren seine Kumpels jetzt nicht da? Zusammen hätten sie das schnell raus, was hier los war. Und er hatte dem Kleinen noch selbst den Fünfziger geliehen für das blöde Konzert. Er spürte den Ärger, aber er spürte noch etwas anderes, unten in den Hoden.
Er sagt nichts mehr, dachte Knut. Gut. Er hatte genug von dieser Stimme gehört, um seinen Hass bei Kräften zu halten. Von diesem Schreien und von diesem Lachen. Allein für dieses Lachen damals konnte er das Dreckstück hassen. Getreten hatten sie ihn alle, als er auf dem Boden lag, in die Rippen, in den Bauch, in die Nieren. Und er sogar ins Gesicht. Dann hatte das Dreckstück ihm den Stiefel ins Gesicht gestellt, einfach so, als wäre es ein Schuhabstreifer, und ihm die dreckige, tief ausgezackte Sohle auf Kinn, Wange und Stirn gedrückt. Knut hatte geschrien, und Sand und Dreck und kleine Kiesel waren ihm in den Mund gerieselt. Zwei andere hatten ihn an Beinen und Hüfte gepackt, hatten ihm den Gürtel geöffnet und ihm Jeans und Unterhose heruntergezogen. Dann hatten sie ihn hilflos liegenlassen. Das war das Allerschlimmste gewesen. Das Lachen hatte Knut noch lange gehört, durch sein eigenes Schluchzen hindurch.
Knut spürte, wie seine Wangen glühten, und rieb sich die Handflächen an seiner dunkelblauen Segeltuchjacke trocken. Er musste

den Hass im Zaum halten. So wollte er nicht selber lachen, er wollte dieses Lachen abstellen. Und zwar jetzt.
Das Dreckstück stand ratlos da, die Arme hingen schlaff. Ob er einfach umkehren und weggehen sollte? Es würde ja niemand davon erfahren. Dem Würstchen da würde ja doch keiner glauben. Obwohl . . .
Das Knirschen hatte er zwar gehört, trotzdem hatte er keine Chance. Der Schlag in den Unterleib traf ihn völlig unvorbereitet. Er grunzte und ging in die Knie, die Hände um sein Geschlecht gekrampft. Die Kehle war ungeschützt, und Knut griff mit der Linken zu, krallte die Finger rechts und links der Gurgel in die weiche Haut, presste und bohrte sie tief in die klebrige Fleischsäule hinein, packte den pulsierenden Strang, drückte und riss. Das Dreckstück röchelte, und Knut konnte das schwache Glänzen seiner Augäpfel sehen, die aus ihren Höhlen zu quellen schienen. Ich sollte jetzt Mitleid haben und loslassen, dachte er. Ich sollte mich auch ekeln. Er spürte aber kein Mitleid und keinen Ekel. Und er ließ nicht los.
Stattdessen griff er mit der Rechten um den schweißnassen Nakken herum, packte das rechte Ohr von hinten und zog es herum. „Ja, da staunst du", sagte er leise. Das Dreckstück röchelte lauter, bog sich in Panik nach hinten. Jetzt könnte ich ihm das Genick brechen, dachte Knut. Dann ist es aus. Dann ist er tot.
Irgendwie musste sich dieser Gedanke vor seinen Hass geschoben haben. Plötzlich war ihm das Ohr entglitten, und in seinen Augen explodierte es gelb und rot. Das Dreckstück war fast schon wieder auf den Beinen und drohte sich über ihn zu werfen. Der Schlag aber hatte Knuts Stirn nur gestreift, und seine Linke hielt eisern fest. Mit einer einzigen Kopfbewegung ließ er den nächsten Haken ins Leere zucken. Vom eigenen Schwung mitgerissen, drehte sich das Dreckstück ein wenig um die eigene Körperachse und wandte ihm die linke Schulter zu. Wieder griff Knut um den muskulösen Nacken herum, aber diesmal bekam er das Kinn zu fassen. Und diesmal riss er mit aller Kraft.
Einen Moment lang war sein Blick wie von Schlieren getrübt, und er schloss die Lider und schüttelte den Kopf. Als Knut die Augen wieder aufschlug, lag er in seinen Armen, und er war fast

schon mit dem Sterben fertig. Sein kleiner Mund stand halb offen, und seine Augen, auf denen immer noch dieser merkwürdige, fremde Glanz lag, waren nach oben gerichtet. Sie sind goldbraun, stellte Knut fest, und das Gesicht ist ganz rund und weich. Wie bei einem kleinen Kind. „Du heißt Michael", sagte er.
Dann rutschte der rechte Arm schlaff zu Boden, der Handrücken klatschte auf den Sand, und der ganze schwere Körper fiel hinterher und blieb auf dem Bauch liegen. Knut sah auf den breiten Rücken hinab. Er hatte nicht mit einem Triumphgefühl gerechnet, aber vielleicht doch mit einer gewissen Befriedigung. Stattdessen dachte er: Ein Kind. Mein Gott, ich habe ein Kind getötet.
Er hörte sich keuchen, sah die Atemwölkchen vor seinem Mund, und ihm war kalt. Wo war er jetzt, dieser heizende Hass? Er ist vorüber, dachte Knut. Und so sieht er von hinten aus.
Er stemmte die Hände auf die Armlehnen, richtete seinen Oberkörper im Sitz auf, griff nach den geriffelten Schubringen und setzte seinen Rollstuhl in Bewegung. Das Geräusch des Sandes unter den schmalen Reifen ging von einem quetschenden Knarren in ein kieseliges Knirschen über.

Tatort T-Modell

Trimmel träumt:
tödlicher Terror, traumatische Tortur!
treibender Torso
trauernde Tochter taumelt
Tomatensaft trieft
tierisch.
Tatwaffe: Tante Traudels Tortenheber
tödlich.

Tatzeuge Tappert
tippt tatternd:
Telefon.
Tartarenmeldung: Tödliche Tat!
Tatsächlich?
Todsicher Tatsache!
Tja.

Tatütata
tapfere Todesschwadron
trippelt trommelt trampelt trillert
torkelt
Tohuwabohu
Tatort:
Tugendwächter trödeln
Thermoskanne
Tee tropft
typisch.
Tiefpunkt: Täter türmt triumphierend.

Türklopfen: Trimmel.
Trägt Trenchcoat.
Tänzelt.
Tröstet trauriges Team
trocknet Tränen

trinkt Tequila
tippt treffsicher:
Taucher! Täter: Taucher.

Trommelwirbel.
Täter taucht
Trimmel taucht tiefer
todesmutig
torpediert Taucher
Todestauchers Todeshauch
theatralisch
toll.

Stern schnuppe

Ein Stern?" Etwas Mühe hatte ich schon, meine Enttäuschung als freudige Überraschung zu tarnen. Eine neue Uhr hatte ich mir zum 25. Geburtstag von Ulrike gewünscht, und das lange, schmale, leichte Päckchen schien auch tatsächlich auf eine Armbanduhr hinzudeuten. Stattdessen aber befand sich unter dem Geschenkpapier nur weiteres Papier, nämlich ein gerolltes, etwas krampfhaft auf antik gestyltes Stück Computerausdruck, das sich mit Hilfe eines roten Plastik-Siegels als Dokument ausgab. „Ja, ein Stern." Ulrike strahlte. „Der gehört jetzt dir, ab heute. Stern Nummer NGC 1452 / 24 393, ein roter Riese am Rande eines Nebels im Sternbild Orion. Hier, ein Foto ist auch dabei. Ist doch toll, nicht?" „Klar, das ist toll." Ich küsste sie so dankbar, wie sie es von einer noch nicht allzu abgenutzten Liebe erwarten konnte, drückte sie an mich, dachte dabei unwillkürlich an die letzte Nacht und konnte ihr, als wir uns wieder voneinander lösten, ein grundehrliches Strahlen präsentieren. Das Foto hingegen fand ich nicht allzu eindrucksvoll. Eine Handvoll weißer Flecken auf schwarzem Grund, ein Bild, wie ich es beim Anstreichen schon oft selbst erzeugt hatte; ein kurzes Abrutschen des Weißlack-Pinsels an einer Kante reicht völlig, um solch eine Anhäufung verschieden dicht beieinander stehender Tupfen zu produzieren.

Irgendwo am rechten Rand - sofern man im Falle des Universums überhaupt von rechten und linken Rändern reden kann - war ein dicker Pfeil eingezeichnet. Der Fleck, auf den seine Spitze wies, war jetzt also mein Stern. Der Punkt war genauso farblos wie alle anderen und von höchst durchschnittlicher Größe. Wieso also „roter Riese"? Für 150 Mark konnte man doch eigentlich etwas mehr verlangen. Soviel hatte mein Stern nämlich gekostet. Der Preis stand mit auf der Urkunde, und Ulrike hatte ihn nicht übermalt. 150 Mark - dafür hätte man sicher eine sehr hübsche Uhr bekommen.

„Jetzt musst du ihm einen Namen geben", sagte Ulrike, zog die Beine unter sich auf das Sofa, schmiegte sich an mich und schaute mich erwartungsvoll an. Ich spürte ihre Wärme, roch ihren Duft und fand Armbanduhren auf einmal völlig nebensächlich. Dem Glücklichen schlägt keine Stunde, dachte ich, schlang meine Arme um ihren Körper, senkte mein Gesicht in ihre blonden Locken und flüsterte ihr ins Ohr: „Mein Stern heißt Ulrike." Sie kicherte zufrieden, ließ sich hintenüber sinken und zog mich mit. Das Dokument entglitt meinen Fingern, die nun anderweitig gebraucht wurden, und verschwand hinter der Sofakante.

*

Das Wummern kam von der Tür her, eindeutig. Zunächst hatte ich meinen Kopf in Verdacht gehabt, und der wummerte schließlich auch, mindestens ebenso laut wie die Schläge an der Haustür, nur machten die hin und wieder eine Pause, woran das schmerzende Wummern in meinem Kopf überhaupt nicht dachte.

Ächzend schwang ich die Beine aus dem Bett. Mit 55 Jahren war man eben kein Jüngling mehr, und seit der Papst die Pille zur automatischen Blutentgiftung nach alkoholischen Exzessen auf den Index gesetzt hatte und die Krankenkassen daraufhin prompt das ebenso segensreiche wie sündhaft teure Medikament nicht mehr bezahlten, waren reifere Nicht-Billionäre wie ich gut beraten, den häuslichen Drogenkonsum in Grenzen zu halten. Andererseits hatte man auch im dritten Jahrtausend nur einmal im Jahr Geburtstag, und schließlich war die Phantasielosigkeit meiner Kumpels nicht meine Schuld. Auf den Gedanken, mir etwas anderes als Schnaps zu schenken, war von denen keiner gekommen.

Ich öffnete die Augen nur einen Spalt weit, um sie vor dem grellen Sonnenlicht zu schützen. Aber da war keine Sonne, draußen vor den Fenstern herrschte stockdunkle Nacht. An der Tür wummerte es unverdrossen weiter. Wenn das irgendwelche Zecher sind, die ihre Senso-Stöcke für die Gleitsteige an meiner Garderobe haben hängen lassen, dann können die was erleben, dachte ich, wankte zur Treppe, fand den Gravi-Schalter nicht und stolperte gezwungenermaßen zu Fuß die Stufen herunter, denn die

Akustik-Spule war schon seit Wochen kaputt. „Den Hals kann man sich brechen, verfluchte Steinzeit", knurrte ich und riss die Tür auf.
Draußen standen drei, die ich nicht kannte. Und ich hatte auch nicht das Gefühl, dass ich sie hätte kennen müssen oder auch nur können. Die mittlere der drei Gestalten reichte mir etwa bis zum Bauchnabel, der inmitten eines reichlich geschwollenen Fettwulstes zwischen Schlafanzughose und Unterhemd hervorlugte. Soviel ich von oben sehen konnte, war der nächtliche Besucher annähernd tropfenförmig und stand auf einem umgestülpten Trichter, der am unteren Rand von einer Art Adventskranz gesäumt war. Passenderweise war der Besucher dunkelgrün und wies im oberen Körperdrittel zahlreiche dunkelrote Auswüchse auf, deren Ähnlichkeit mit Adventskranzkerzen aber insoweit begrenzt war, als sie permanent ihre Form veränderten.
Ebenso wie die beiden Begleiter des Mittleren. Schockierenderweise waren sie etwa doppelt so groß wie ich und bestanden überwiegend aus deformierten Kugeln, die entlang einer mehr gedachten als wahrnehmbaren Senkrechten auf und ab waberten wie die Innereien jener Matmos-Lampen, die gerade zum elften oder zwölften Mal groß in Mode waren. Warum die beiden trotzdem etwas unmittelbar körperlich Bedrohliches ausstrahlten, vermochte ich nicht gleich zu bestimmen. Vielleicht lag es daran, dass sie mit ihrer tiefroten Grundfärbung und den dünnen weißen Streifen an zwei Muskel-Modelle aus dem Biologiebuch erinnerten.
„Ja bitte?" krächzte ich. Nicht sehr intelligent, gewiss, aber was hätte ich sonst krächzen sollen.
Der grüne Tropfen schmolz eine seiner Kerzen zu einer kleinen Trompete um, die er auf meinen Bauchnabel richtete. Es kitzelte, und in meinem Kopf formten sich die Worte: „Herr Paul Weller?"
„Ja", stammelte ich. In meinem Gedärm begann es zu gluckern, und die kleine Trompete zuckte indigniert zurück. Aber nur kurz, dann kribbelte es wieder am Nabel:
„Sie sind der Besitzer von Ulrike?"
Ein origineller Ausdruck, und vielleicht hätte ich gelacht, wenn

mein Schädel nicht so grässlich geschmerzt hätte. Wenn man der Besitzer von etwas ist, das man bezahlt, dann war ich in der Tat der Besitzer von Ulrike Gerber, geschiedene Weller. 22 Jahre Ehe mit mir hätten ihren Preis, hatte sie gesagt. Und seither kassiert.

„Nein", antwortete ich dennoch. „Was heißt besitzen. Wo leben wir denn?" Eine etwas sinnlose Frage, denn mein Lebens-Ort war ganz offensichtlich nicht seiner.

„Sagen Sie die Wahrheit", kribbelte mein Gegenüber. „Wir haben es schriftlich." Der grüne Advents-Tropfen ließ aus einer seiner Kerzen eine weiße Stange wachsen, die sich ohne erkennbares äußeres Zutun entrollte. Ich erkannte sie sofort, obwohl ich sie seit Jahren nicht mehr angeschaut hatte. „NGC 1452 / 24 393" stand da, und weiter unten, oberhalb des roten Plastik-Siegels, „Ulrike". In meiner Handschrift.

„Woher haben Sie das?", stieß ich hervor.

Mein Gegenüber vibrierte befriedigt. „Also doch", bedeuteten die wulstigen Buchstaben in meinem Kopf, deren Erscheinungsform mich in ärgerlicher Weise an meine Bauchfalten erinnerte. „Dann können wir ja zur Sache kommen."

Ich schüttelte den Kopf, so stark, dass die Schmerzen rechts und links an die Innenseiten meiner Schläfen krachten und für einen Augenblick noch benommener waren als ich. Mein Blick klärte sich etwas, am Vorhandensein der drei Gestalten aber änderte sich nichts. Dafür erkannte ich weiter hinter auf meinem Rasen eine blassgelb leuchtende, langsam pulsierende Kugel, die mit einem zottigen Lichtstrahl an einer meiner absterbenden Tannen verankert zu sein schien. Schnell richtete ich meinen Blick wieder auf den Tropfen vor meinem Nabel.

„Einen Moment mal", sagte ich so fest, wie es mir möglich war. „Wer sind Sie überhaupt, und was wollen Sie von mir?"

Statt einer Antwort erschien in meinem Kopf das Wort „Schulz". Eine Ahnung aufkommenden Wahnsinns ließ mich schaudern.

„Was?" schrie ich, der Panik nahe.

„Hauptmulator Schulz", vibrierte er. Natürlich nicht wirklich „Hauptmulator", klar; das Gebilde, das da hinter meiner Stirn entstand, hatte mit keinem Wort irgendeiner menschlichen Sprache Ähnlichkeit, und wenn es mit einem irdischen Gegenstand zu vergleichen war, dann mit einer Polizeimarke. Die wiederum warf eine Art Bedeutungsschatten auf meine Großhirnrinde, der noch am ehesten an „Hauptmulator" erinnerte. Wenn Sie verstehen, was ich meine.

„Das sind meine beiden Kollegen", sagte der Tropfen, „Mulator Strabbelkaaks und Tronik Sszrraan." Dabei wandte er sich ansatzweise nach beiden Seiten, was sich als formal-höfliche Vorstellung deuten ließ. Strabbelkaaks und Sszrraan ihrerseits sanken in atemberaubendem Tempo auf die Hälfte ihrer Größe zusammen, blähten sich zu prallen Ovalen und leuchteten tiefschwarz auf. Dann nahmen sie wieder die Gestalt an, die ich nach diesem Anblick problemlos als normal akzeptieren konnte.

„Guten Morgen", erwiderte ich. Dann holte ich mehrmals tief Luft, um mein rasend pochendes Herz ein wenig zu beruhigen. Schulz nutzte die Pause zu einem kurzen Vortrag, der alle meine Bemühungen, mein Herz betreffend, wieder zunichte machte.

„Ich komme im Auftrag des Hohen Orbitalrates des Planetensystems Ulrike, insbesondere seiner bewohnten Planeten Ulrike IV und Ulrike V sowie des besiedelten Mondes Ulrike IV Strich klein b. Sie, Herr Paul Weller, wohnhaft Sol III, Hauptplanet Terra, werden beschuldigt, sich als alleinverantwortlicher Besitzer des genannten Systems Ulrike seit nunmehr 30 Terra-Jahren weder um die Instandhaltung des phunären Plasma-Kanalnetzes noch um die Wartung der zentralen Wolken-Trapuzieranlage gekümmert zu haben. Sodann wird Ihnen zur Last gelegt, in keiner Weise auf das Austrocknen der Bartopfühle und das Verscheinen der Schnadogloben reagiert zu haben. Außerdem sind Sie während besagter 30 Terra-Jahre sowohl die Grund- als auch die Thermal-Steuer schuldig geblieben. Dabei sind Sie mehrfach auf dem üblichen Weg per Teilchen-Transmitter via Hyperbox gemahnt worden!" Bei den letzten Worten schien Schulz ein wenig ins Hellgrüne zu verblassen, und das fast schon vertraute Nabelkitzeln wechselte für einen Moment ins Stichelige, als er fortfuhr: „Der Große Zerstäuber ist ganz schön sauer, das können Sie mir glauben."

„Ja, aber", stammelte ich, „das kann doch nicht, ich meine, gibt's doch nicht, äh, es war doch nur ein Scherz, also ein Geschenk, aber nicht richtig, verstehen Sie doch! Wie kann ich denn einen Stern besitzen! Oder gar ein Planetensystem. Das geht doch gar nicht."

„Ach", kribbelte Schulz: „Und seit wann geht das nicht?"

Ich war wie vor den Kopf geschlagen, der Unterkiefer sackte mir weg, die Arme hingen herab wie gelähmt, und meine Knie wurden weich. 30 Jahre Steuerrückstand für einen Stern, zwei Planeten und einen besiedelten Mond, dazu Unterhaltskosten für Dinge, von denen ich nur begriff, das sie ziemlich teuer sein mussten - wie sollte ich das alles jemals bezahlen? Wo doch mein eigenes kleines Haus noch nicht einmal völlig schuldenfrei war.

Die drei vor mir begannen nun sanft zu blinken, unterschiedlich schnell, aber seltsam abgestimmt, sich gegenseitig ergänzend zu einem eigenartigen, irgendwie tröstenden Rhythmus. Hatten sie Mitleid mit mir? Aber vielleicht lachten sie auch nur.

„Ich habe hier noch eine Liste mit weiteren 365 weniger umfassenden Anklagepunkten", meldete sich Schulz wieder zu Wulst, „die zu verlesen ich Ihnen und mir ersparen kann. Sie finden die komplette Schrift in Ihrer Hyperbox. Stellungnahme bitte innerhalb von 27 Tranoolen. Und vergessen Sie nicht" - jetzt berührte seine erstaunlich kühle Trompete die haarige Haut rund um meinen Bauchnabel, ein Akt unerwarteter Vertraulichkeit - „der Große Zerstäuber ist wirklich stocksauer."

Hauptmulator Schulz fuhr seine Kerzen ein, seine beiden Begleiter ballten sich zum nun schon bekannten schwarzleuchtenden Gruß, dann kippten alle drei nach hinten und schwebten waagerecht und mit zunehmender Geschwindigkeit auf die pulsierende Kugel zu, die immer noch an meiner braunen Tanne verankert war, schossen in sie hinein und schienen mit ihr zu verschmelzen. Die Kugel änderte ihre Farbe in ein grelles Scharlachrot und startete. Was allerdings erst im zweiten Anlauf gelang, da die drei Orbitalratsbeauftragten beim ersten Versuch vergessen hatten, den zottigen Halte-Strahl zu lösen.

Immer noch war ich zu keiner vernünftigen Handlung fähig, stand einfach nur da in meiner offenen Haustür, starrte in die Dunkelheit und troff vor Selbstmitleid. Ulrike! Ich hätte es wissen müs-

sen, schon damals vor 30 Jahren. Dann wäre mir einiges erspart geblieben. „Eine Uhr", flüsterte ich. „Ich hatte mir doch nur eine Uhr gewünscht." In all den Jahren hatte Ulrike mir nie eine Uhr geschenkt. Siebzehn Stück besaß ich inzwischen, jede einzelne selbst erworben. Dafür hatte sie mir jede Menge nutzlosen Trödel geschenkt. Und gleich als erstes die Krönung. Diesen Stern. „Ulrike!!!" Meine Verzweiflung entlud sich in einem unmenschlich klingenden Schrei. Aber sie war ja längst weg. Und Schulz auch.
Mein Schrei war noch nicht verklungen, da wurde es hell, ganz plötzlich, von einem Moment auf den anderen. Die Straßenbeleuchtung, die Gartenlampen, sämtliche Lichter in meinem Haus und in denen meiner Nachbarn begannen gleichzeitig zu brennen, und in der Luft lag ein eigentümlich bläulicher Schimmer, in dem alles kalt und irgendwie kränklich zu leuchten begann.
„Schulz?" rief ich fragend. „Sind Sie das?" Aber so sehr ich mich auch am Bauch rund um den Nabel kratzte, da kribbelte nichts. Stattdessen sprangen plötzlich Radio, Fernseher, Visiphon und Tollmitter an, ohne dass ich auch nur einen einzigen Sensor bephont hätte. Eine grollende, kratzige, nicht sehr menschliche, aber verständliche Stimme war zu hören.
„Erdlinge", tönte es aus allen Richtungen zugleich, „ich habe soeben eure Sonne gekauft, mit allem Drum und Dran. Für 150 Robatz. Dabei bin ich schwer bemakelt worden, denn wie ich jetzt orte, hat dieses kümmerliche System nur einen einzigen bewohnten Klumpen. Aber das ist euer Pech, nicht meins, denn ihr werdet mir einfach doppelte Miete zahlen. Wem das nicht passt, der kann ja auswandern. Die Hyperweisungsaufträge sind schon in euren Boxen. Außerdem erhebe ich ab sofort eine Steuer auf Uhren jeder Art und mache folgende Nebenkosten geltend . . ."
Die Stimme tönte weiter, aber sie schien sich zu entfernen, und die einzelnen Worte zerdehnten sich zu bunten Fäden und fügten sich zu einer Decke aus Klängen zusammen, die mich gnädig umhüllte. Die Erde näherte sich mir, meine geliebte heimatliche Erde, die ich mir nun wohl nicht mehr leisten konnte.
„Schulz", murmelte ich. Dann wurde es dunkel um mich.

Steckbriefe

Peter Gerdes, geboren 1955 in Emden, aufgewachsen am und auf dem Wasser. Erste Seereisen mit 16 als Maschinenhelfer auf Frachtschiffen, später Seefunker. Abitur, Studium der Germanistik und Anglistik, Abschlussarbeit über „Analysen zur Funktion des Sprachgebrauchs in den Massenmedien". Mehrere wissenschaftliche Publikationen. 1984/85 Redaktionsvolontariat, seither als Journalist tätig. Lebt seit 1995 in Leer; verheiratet, drei Töchter. Literarische Anfänge Ende der 70-er Jahre als Lyriker, Songtexter und Essayist. Krimi-Autor seit 1995. Mitglied im Verband deutscher Schriftsteller (VS) seit 1983, Landesvorsitzender Niedersachsen/Bremen seit Februar 2000; außerdem Mitglied im „Syndikat" (Vereinigung deutschsprachiger Krimi-Autoren) und im Arbeitskreis Ostfriesischer Autorinnen und Autoren. Leiter der „Ostfriesischen Krimi-Tage".
Neuere Publikationen (Auswahl): „Ein anderes Blatt", „Thors Hammer" (Kriminalromane, Verlag De Utrooper, Leer), „Ebbe und Blut" (Kriminalroman), „Zum Morden in den Norden" (Krimi-Anthologie, beide SKN-Verlag, Norden), „Unter dem Wolkendach" (Lyrik, Verlag Dr. Reinhard/Leda-Verlag, Leer).

Horst Bosetzky alias **-ky**, geboren 1938 in Berlin, Abitur, Lehre zum Industriekaufmann, Studium der Soziologie, Betriebswirtschaft, Volkswirtschaft und Psychologie; Professor für Soziologie an der FH für Verwaltung und Rechtspflege in Berlin. Verfasste diverse wissenschaftliche Abhandlungen, schreibt seit 1971 Kriminalliteratur, seit 1983 auch andere Romane, Jugendbücher, Kinder-Krimis, Bürokraten-Satiren, Drehbücher für Fernsehspiele, Hörspiele und Kurzgeschichten. Zahlreiche Verfilmungen, zahlreiche Auszeichnungen, u.a. Preis für den besten deutschsprachigen Kriminalroman (1980), Prix Mystère de la Critique (1988), „Ehren-Glauser" für das Gesamtwerk (1992). Seit 1991 Sprecher des „Syndikats". Lebt in Berlin.
Neuere Publikationen (Auswahl): „Wie ein Tier" (1995), „Ein Mann fürs Grobe" (1996), „Champagner und Kartoffelchips" (1998), „Tamsel" (1999).

Holger Fischer, geboren 1959 in Emden, Grafik-Designer, Illustrator, Cartoonist. Lebt in Aurich. Publikationen (Auswahl): „Dat Ollske un de Bigge" (Schuster-Verlag, Leer), „Vom Feinsten" (Achilla Presse, Bremen/Hamburg), „Alles Mögliche" (Hrsg. Bernd Bexte, Naumann & Göbel Verlag, Köln). Wurde Dritter beim Krimi-Preis der Ostfriesen-Zeitung.

Anneliese Ohlenburg, geboren 1962, lebt in Aurich, veröffentlicht Gedichte und Kurzgeschichten in Zeitungen und Anthologien. Liebt Bücher von Stephen King und würde in einem Krimi gern einmal Miss Marple spielen. 1999 Gewinnerin des Krimi-Preises der OZ.

Manfred Decker, geboren 1965 in Wittmund, ist Juniorchef eines Autohauses in Wiesmoor. Außer Krimis schreibt er am liebsten Rechnungen. Zweiter beim Krimi-Preis der OZ.

Julia Lambrecht, geboren 1983 in Leer, lebt in Ihrhove. Die Schülerin war gleich beim ersten Schreib-Versuch erfolgreich - sie wurde beste Jugendliche beim Krimi-Preis der OZ.